U0562478

Primo Levi

MOMENTS OF REPRIEVE

缓刑时刻

[意] 普里莫·莱维 著

谢小谢 译

中信出版集团 · 北京

图书在版编目（CIP）数据

缓刑时刻 /（意）普里莫·莱维著；谢小谢译. ——
北京：中信出版社，2018.11（2022.8 重印）

书名原文：Moments of Reprieve

ISBN 978–7–5086–9350–7

Ⅰ . ①缓… Ⅱ . ①普… ②谢… Ⅲ . ①回忆录－意大
利－现代 Ⅳ . ① I546.65

中国版本图书馆 CIP 数据核字〔2018〕第 186659 号

缓刑时刻

著　者：[意] 普里莫·莱维
译　者：谢小谢
出版发行：中信出版集团股份有限公司
　　　　　（ 北京市朝阳区惠新东街甲 4 号富盛大厦 2 座　邮编 100029 ）
承　印　者：山东临沂新华印刷物流集团有限责任公司

开　　本：850mm×1092mm　1/32　　印　　张：4.75　　　字　　数：78 千字
版　　次：2018 年 11 月第 1 版　　印　　次：2022 年 8 月第 2 次印刷
书　　号：ISBN 978–7–5086–9350–7
定　　价：42.00 元

目录

序言

写作并出版《这是不是个人》（*If This Is a Man*,1960）和《休战》（*The Truce*,1965）标示了我生命中一次决定性转折，而且不仅就我作为作家的生命而言。随后几年里，我感到自己完成了一项使命，甚至是一项对我来说唯一被清晰界定的使命。在奥斯维辛和漫长的返乡途中，我看见且经历了并非只对自身有价值因而迫切需要被讲述的事。我已经讲述了它们，已经做出见证了。我是一名化学家，有一份不仅足以谋生而且让我全身心投入的职业，我觉得自己不需要再写任何东西了。

但事情并没有以那样的方式发展。随着时间的流逝，写作已经在我职业生涯边上占据了一个属于它的位置，最终我彻底转向了写作。与此同时，我意识到自己关于奥斯维辛的经验远未枯竭。在最初的两本书里，我已经描述了奥斯维辛那些与今天存在历史性关联的基本特征。但大量的细节不断在我的记忆中浮现，而让它们黯然消逝的念头令我感到悲痛。许许多多的人物形象不寻常地从悲剧的底色中凸显出来：朋友，曾经的旅伴，甚至敌人——他们接二连三地来请求我帮助他们活下来，享受文学人物那模糊但长久的存在。这不再是遇难者中那些匿名的、面目模糊的、无声的大众，而是稀少的、独特的个体，在他们身上（即便只是一瞬间）我认出了反抗的意志和能力，因此还有美德的萌芽。

这些故事是在不同的时间和机缘下写就的，因此显然没有经过计划，但这些故事似乎显示出一种共性：每篇故事只聚焦一个角色，而这个人显然不是被迫害的、命中注定的受害者，或者被征服的人，也不是我前两本书献给的那些人，对于那些人我曾着魔般地自问："这到底还是不是个人？"这些故事的主角毫无疑问是"人"，尽管那些使他们能够活下来并变得独一无二的美德，并不总为普遍道德所认可。班迪（Bandi），"我的徒弟"，他的力量源自信仰者的神圣欢乐；沃尔夫（Wolf）源于音乐；格里戈（Grigo）来自爱和迷信；蒂施勒（Tischler）出自对传说的继承。然而，切萨雷（Cesare）的力量源于不受拘束的狡猾，兰科斯基（Rumkowski）出于对力量的渴求，拉帕波特（Rappoport）来自野蛮的生命力。

重读这些故事时，我注意到另外一个特质：我自发选择的情节几乎从不是悲剧性的。它们是奇异而边缘的缓刑时刻，在这些时刻，被压迫的身份能够短暂地重获它的面貌。

对于这个在事情发生三四十年后才重新发现的叙述脉络，读者可能会感到惊讶。不过，心理学家已经注意到，创伤事件的幸存者被泾渭分明地分成两类：一种人压抑他们的整个过去，而在另一种人中，关于罪恶的记忆持续存在，仿佛被刻在石头上，远胜之前和之后的一切经验。现在我属于第二种人，出于天性而非偶然。关于两年的法外生活，我丝毫不曾遗忘。无须任何刻意的努力，回忆就不断地向我涌来：事件、面容、话语、感觉，仿佛那时我的头脑经历了一段具有高度感受力的时期，其间的任何一个细节都未曾遗失。比方说，我记得用我当时不懂、现在也不懂的语言说出的整句话，就像用录音带录下来了，或像鹦鹉学舌一般。几年前，我遇见了一个囚犯同伴，我和他没有任何特殊的友谊，但在 35 年后，我立刻从一堆陌生的面孔中认出了他，即便他的容貌发生了巨大的变化。时至今日，来自"那下面"的气味仍使我惊愕。现在对我来说显而易见的是，我彼时的这种专注——专注于这个世界和我身边的人——不仅是一种病症，也是我获得精神和肉体拯救的一个重要因素。

时间上的距离或许会使人越发倾向于使事实更加完满，令色彩更加浓烈。但这种倾向，或者说这种诱惑，是写作不可或缺的一部分，缺少了它，一个人无法讲故事而只能做记录。然而，我用来建构这些故事的所有情节都真实发生过，所有人物都真实存在，尽管出于显而易见的理由，我改掉了他们的姓名。

幸存者 [1]

一　本诗译文直接引用《不定的时刻：莱维诗选》（武忠明译），以下几条注释亦来自该书。——译者注

致 B. V.[1]

自那时起，在不定的时刻，

自那时起，在不定的时刻，

那痛苦回返：

直到它能找到人来倾听，

我里面的这颗心燃起火。[2]

又一次他看见同伴的脸

阴沉地显现于最初的光，

灰暗地笼罩在水泥灰中，

在迷雾中如此模糊，

在不安的睡眠中染着死亡之色：

夜里，在梦的重负下

1　B. V. 指布鲁诺·瓦萨里（Bruno Vasari），他是"被驱逐者协会都灵分会"主席。瓦萨里曾在 1945 年出版了关于毛特豪森集中营的回忆录《死亡野营》，他认为集中营幸存者之所以能幸存，并非靠狡猾和残忍，而是靠道德的力量。而莱维在其著作《被淹没与被拯救的》中表达了不同的观点：最好的人都死去了，不好的人却活了下来。

2　这四句诗引自英国诗人柯勒律治（Coleridge，1772 年—1834 年）的长诗《古舟子咏》第七节："自那时起，在不定的时刻，那痛苦回返：直到我的恐怖故事被述说，我里面的这颗心燃起火。"开头相同的两句，一句为意大利语，一句为英语。但莱维将第三句"直到我的恐怖故事被述说"改写为"直到它能找到人来倾听"。在此，找人"倾听"的希望胜过了"述说"故事的希望。在《这是不是个人》中，莱维曾写到自己的噩梦："在我的家里，在我的亲朋好友中间，我有那么多东西要讲，这是一种强烈的难以表述的身心上的感受。但是我不能不发现，我的听众没有在听我说话，而且他们完全不感兴趣：他们胡乱地说别的，仿佛我不存在似的。"（沈萼梅译）

他们的下巴翕动，

咂巴着一块不存在的萝卜。

"退后，离开这儿，被淹没的人，

走开。我不曾侵夺过任何人，

不曾抢过任何人的面包。

没有人替我死去。没有人。[1]

返回你们的雾中。这不是我的错，

要是我活着并呼吸，

又吃又喝又睡和穿衣。"[2]

1984 年 2 月 4 日

1　参看《被淹没与被拯救的》第二章《灰色地带》："你不曾替代某个人……你没有偷过任何人的面包；但你仍无法驱除怀疑的阴影。"（杨晨光译）

2　参看但丁《神曲·地狱篇》第三十三篇第一百四十一节："我相信你在欺骗我，因为勃兰加杜利亚没有死；他还在吃、喝、睡觉和穿衣。"（朱维基译）

拉帕波特的遗嘱

爱或者恨瓦莱里奥，都是不可能的：他的缺陷和不足，使他从一开始就被放逐到人们的普通关系之外。他曾经又矮又胖。现在他依然矮小，而脸上和身上松弛的褶皱悲伤地证明着他往日的肥胖。在波兰的烂泥地里，我们已经一起工作了很长一段时间。我们所有人都曾在工地那又深又滑的烂泥中跌倒。但多亏仅存的一点儿动物性高贵，那种高贵甚至在沦落到绝望境地的人中残存着，我们努力避免摔倒，降低它的影响。事实上，一个趴在地上的人处在危险之中，因为他会唤醒残忍的天性，引发嘲笑而非同情。不像我们其他人，瓦莱里奥不断地摔倒，比所有人次数都多，只要轻轻一碰，或者根本不用碰。显然他有时故意摔倒，尽管有人仅仅骂了他或准备去打他。他将矮小的身躯陷进泥潭里，好像那是他母亲的怀抱，仿佛对他来说，直立的姿势本身是暂时的，是为踩高跷的人准备的。烂泥是他的避难所，是他可见的保护。他是个小小的泥人，烂泥的颜色就是他的颜色。他知道这一点，而且靠着痛苦带给他的一丁点儿智慧，他知道自己是个笑柄。

而且他还谈论它，因为他爱喋喋不休。他没完没了地讲述他的不幸和摔倒，以及遭受到的侮辱和嘲弄，像个可悲的小丑，丝毫不打算克制自己或隐藏那些最凄惨的细节。由于少许戏剧性的天赋，他甚至夸大他的不幸中较令人难堪的部分，在这种天赋中可以察觉到残留的快活的好脾气。认识像他这类人的人都明白，他们生性爱恭维人，并没有额外的目的。倘若我们在日常生活中相遇，我不知道他会怎么来恭维我；但在集中营里，每天早上他都会称赞我的好气色。尽管我并不比他强多少，但我同情他，带着轻微的恼怒的感觉。但在那段日子里，这种同情因为无法付诸行动，几乎一形成就马上消散了，就像在风中抽烟，只在嘴里留下空洞的饥饿的滋味。像其他人一样，我有意无意地避开他：他穷困的程度太显而易见了，而在穷困之人身上，我们总能嗅到债主的气息。

在一个阴郁的9月天里，防空警报在烂泥地上空鸣响，音调忽高忽低，像漫长而悲哀的呻吟。这没什么稀奇的，而且我有一个秘密的避难所：一条堆着成捆空麻袋的狭窄地道。我躲进那里后，遇到了瓦莱里奥。他用唠叨个不停的热忱来迎接我（几乎得不到回应），我正准备睡觉时，他毫不迟疑地开始向我诉说他的倒霉故事。警报的悲鸣停止后，外面被一团危险的寂静笼罩，但我们忽然听到了沉重的脚步声，随即看到拉帕波特巨大的黑色轮廓出现在楼梯口，手里拿着一个桶。他看到了我们，喊道："意大利佬！"然后他松开桶，任其咣当咣当地从楼梯上滚下来。

桶里原本装着汤，但现在已经空了，几乎一滴不剩。瓦莱里奥和我得到了一点儿残羹，我们用汤勺细细地刮着桶底和内壁。那时我们日夜随身携带汤勺，为任何未必会发生的突发事件做好准备，就像圣殿骑士带着他的佩剑。在此期间，拉帕波特威严地从楼梯上走下来，来到我们中间：他不会把汤送给别人喝，也不会向别人要汤喝。

拉帕波特那时应该已经 35 岁上下。他原籍波兰，曾在比萨攻读医学。他因此喜欢意大利人，并与出生在比萨的瓦莱里奥保持着不对等的友谊。拉帕波特极其训练有素。他像早期的探险家那样狡猾、暴力且快活，对他来说，一下子放弃他觉得多余的文明教养，简直轻而易举。他住在集中营里，就像老虎住在丛林里，攻击和勒索弱者，避开强者，并根据周围的环境，随时准备行贿、偷盗、搏斗、忍受饥饿、撒谎或讨好。他因此是个敌人，但既不卑劣也不令人讨厌。他慢慢走下楼梯，当他走近时，我们清楚地看到桶里的东西都去了哪里。这是他的特长之一：防空警报的悲鸣一响起，他就趁乱冲到工地厨房，在巡逻队到来之前，带着他的战利品开溜。拉帕波特已经成功这么干了三次；第四次的时候，作为一个谨慎的亡命之徒，整个警报期间他都和他的小队安静地待在一块儿。试图效仿他的利林塔尔则当场被捕，第二天被当众绞死。

"你们好，意大利佬，"他说，"你好，比萨佬。"然后是一阵沉默。我们并肩躺在麻袋上，我和瓦莱里奥很快开始打瞌睡，做起梦来。平躺不是必需的，在可以休息的片刻，我们站着也能睡着。但拉帕波特不是这样，尽管他憎恶工作，却有着不活动就浑身难受的乐观性格。他从口袋里拿出一把小刀，把它放在石头上开始摩擦，不时往刀刃上吐点唾沫。但对他来说，这远远不够。他要跟瓦莱里奥说话，尽管瓦莱里奥已经在打呼噜了。

"起来，小伙子。你梦到什么了？意大利饺子，对吗？还有奇扬第葡萄酒，在米勒街的学生食堂，只卖几里拉。还有牛排，psza crew！和盘子一样大的黑市牛排。意大利真是个伟大的国家。然后还有玛格丽塔……"说到这，他快活地做了个鬼脸，一只手砰的一声拍在大腿上。瓦莱里奥已经醒了，蜷缩着，苍白的小脸上挂着凝固了的笑容。很少有人跟他说过一句话，但我不认为这会让他很忧虑。

然而，拉帕波特经常跟他讲话，在对于比萨的一系列回忆的由衷狂热中放飞自我。对我来说显而易见的是，对拉帕波特而言，瓦莱里奥仅仅是那些精神的漫游时刻的一种托词。但对瓦莱里奥来说，这些时刻却是友谊的象征——这是一段与强者的珍贵友谊，通过一只慷慨的手赐予他的、人与人之间的友谊，即便并不完全对等。

"别扯了，你说你不认识玛格丽塔？你没跟她睡过觉？那你算哪门子比萨人？那是一个能让人起死回生的女人。白天可爱又优雅，而到了晚上，她就是一个真正的艺术家……"就在这时，我们听到一声哨音忽然响起，接着又一声。声音似乎来自一个遥远的地方，但它像疾驰的火车头一样逼近我们。地面在震动，天花板的水泥横梁颤了几秒，仿佛它们是橡胶做的。终于，两次爆炸发生了，带着毁灭性的轰隆声，我们的痉挛也令人愉快地释放了。瓦莱里奥已经艰难地爬进了角落，脸埋在臂弯里，仿佛为了躲避耳光，低声祈祷着。

恐怖的哨音又一次响起了。欧洲的年青一代不了解这种嘶嘶声。它们不是偶然产生的：有人想要赋予炸弹一种声音，用来表达它们的饥渴和威胁。我从麻袋上滚下来，抵着墙。

爆炸声响了，非常近，几乎是有形的，像一具尸体，随之而来的是空气涡流的巨大呼啸声。拉帕波特哈哈大笑："你尿裤子了，对吗，比萨佬？还没尿吗？喂！别着急，别着急，好戏还在后头。"

"你真有勇气，"我说，卡帕纽斯无畏的形象从我高中时期的记忆里浮现出来——有点褪色了，仿佛来自前世，那个从地狱深处挑战宙斯、嘲笑他的闪电的人。

"这跟勇气没有关系，它跟理论有关。跟记账有关。这是我的秘密武器。"

我那时感到疲惫不堪，那是一种我觉得不可消除的疲惫，在如今看来相当久远的、实体性的疲倦。它不是大部分人都熟悉的那种疲倦——那种附加在健康之上的疲倦，那种像一种暂时性的麻痹一样笼罩着的疲倦。相反它是一种确定无疑的空虚，一种截肢的感觉。我感到筋疲力尽，像一把被开过的枪。瓦莱里奥和我一样，只是或许更少自觉，其他人也跟我们一样。放在其他时候，拉帕波特的生命力或许会让我钦佩（事实上我今天确实是钦佩的），但对那时的我来说，它显得格格不入和傲慢无礼。如果我们的皮囊一文不值，他的皮囊，尽管是属于波兰人的和酒足饭饱的，也不比我们有价值多少，而令人恼火的是，他对此拒不承认。至于理论和记账的事，我丝毫没有听的欲望。我有其他事要做，比如睡觉，如果上苍允许的话。如若不然，我想像所有正派的人一样，安静地品尝我的恐惧。

但要使拉帕波特屈服并不容易，避开他或无视他也同样困难。"你在睡什么觉？我正打算立遗嘱，而你在睡觉。可能会炸死我的那颗炮弹或许已经在路上了，我不想错过这个机会。如果我重获自由，我会写本书讲讲我的哲学。但现在，我只能讲给你们这两个可怜虫听。要是它对你们有用，这样最好。如果没用，假如你们活着出去了而我没有——当然这种假设很奇怪，你们可以把它传播开去，也许它会对某些人有用。虽然，这对我来说没啥要紧的。我不是做慈善家的料。"

"好了，我开始了！只要可以我就尽情喝酒、吃饭、做爱，离开单调的、灰蒙蒙的波兰到你们意大利去；我尽情研究、学习、旅行、观察万物。我时时睁大双眼，分秒必争。我很用功，我不觉得还能做得更多更好。一切都很顺利，我积攒下了一大堆好东西，而这一切的幸福都没有消失。它在我心里，又安全又完好。我不会使它褪色，我紧紧抓住它。没有人可以从我这夺走它。"

"然后，我就来到了这儿。我在这儿已经待了 20 个月，而在这 20 个月里，我一直在记账。我收支平衡——事实上我仍然有一大笔存款。要打破这种收支平衡，恐怕得在集中营多待上几个月，或经历更多天的折磨。事实上，"他深情地爱抚着他的腹部，"靠着一点点创见，即使在这里，你偶尔也能够发现一点好东西。因此，假如很不幸地，你们中的一个人活得比我长，你们就可以说莱昂·拉帕波特得到了他应得的一切，既不欠债，也没留下存款，不曾哭泣或祈求怜悯。如果我在另一个世界里遇到希特勒，我会啐他一脸口水，我完全有资格……"一颗炸弹在不远处爆炸了，伴随着山崩地裂的轰隆声。其中一座仓库应该倒塌了。拉帕波特不得不提高嗓门，几乎吼着说："因为他没有打败过我！"

　　我只再见过拉帕波特一次，只有几秒钟。而他的形象通过那照相般的最后一瞥，一直伴随着我。1945年1月，我生了病，躺在集中营的医务室里。从我的床铺上可以看见两个营房之间的一段路面，当时它已经被厚厚的积雪覆盖，上面有一条被踩出的小道。医务室的工作人员经常成对地从那里经过，抬着尸体或濒死的人。有一天，我看到两个抬担架的人，其中一个引人瞩目，因为他高大的身形和盛气凌人的、威严的肥胖身躯，在那种地方这是很不寻常的。我认出了拉帕波特，我跳下床，跑到窗边，拍打着玻璃。他停下来，冲我快活地、挑逗地做了个鬼脸，然后扬起手做了个大大的问候姿势，以至于他那可悲的担子不协调地倒向一边。

　　两天后，集中营里的囚犯被撤离了，其恐怖的情形已广为人知。[1]我有理由相信，拉帕波特没能生还。因此，我认为我有义务，尽我所能地完成他交托给我的使命。

---

[1]　莱维在《这是不是个人》中写道："所以健康的人都在1945年1月18日出发了，应该差不多有两万人……可在撤离的行军途中，几乎全部都死了。"——译者注

杂技演员

我们把那些刑事犯称作"Grüne Spitzen"（绿色三角）[1]，或者"Befauer"（这一说法来自官方指派给他们的缩写字母 BV，而 BV 大概是"防范性拘押的囚犯"的缩写[2]）。我们跟他们生活在一起，我们服从、害怕并憎恨他们，但对他们几乎一无所知。其实，直到现在也知之甚少。他们是"绿色三角"，原本被关在普通监狱的德国囚犯。根据令人难以理解的挑选标准，其中一些囚犯被赋予一项选择权：在集中营里而非监狱里服刑。一般来说，他们是令人厌恶的。他们中的许多人夸口说，他们在集中营里比在家里过得更好。因为，他们不仅可以享受令人陶醉的发号施令的乐趣，还可以自由支配分配给我们的口粮。他们很多都是狭义上的杀人犯。对此，他们毫不掩饰，并从言行举止中流露出来。

埃迪（Eddy，或许是个艺名）是个"绿色三角"，但不是杀人犯。他有两个职业：杂技演员和业余小偷。1944 年 6 月，他成为我们小队的副卡波[3]。他因为非比寻常的特质，迅速让我们印象深刻。令人目眩神迷的英俊，金发碧眼，中等身材，高挑又强壮，还异常敏捷。他拥有贵族式的脸庞，以

1　根据莱维在《这是不是个人》中所述："集中营里的人分为三类型：刑事罪犯、政治犯和犹太人……刑事犯所穿上衣的号码边上，戴着一个绿色的小三角……我们实际上的主人是戴着绿色三角形的刑事罪犯，他们可以随便处置我们。"——译者注

2　事实上，"BV"代表着 Berufsverbrecher（职业罪犯）。——英译者注

3　集中营或监狱中被指定带队的囚犯。——译者注。

及仿佛是半透明的极其白皙的皮肤。他不可能超过 23 岁。他不曾咒骂过任何人和任何事：纳粹党卫军、工作，或者我们。他有一副遗世独立的、平静而自恋的神色。来到这儿的第一天，他就声名远播了。在浴室里，赤身裸体，用香皂仔细洗完澡后，他把香皂举到头顶（他的头像我们一样被剃光了），接着低下头，运用后背熟练又精准的细微起伏，使那小块奢侈的香皂一点儿一点儿地从头顶滑到脖子，然后继续往下，沿着脊椎一路滑到尾椎，最后用手接住。我们中有两三个人鼓掌，但他一副没有留意到的样子，径直走去穿衣服，动作既缓慢又心不在焉。

　　工作中的他也让人捉摸不透。有时他干 10 个人的活儿，但即便在最单调乏味的工作中，他也未曾放弃突如其来地展现他的职业嗜好。在铲土时，他可能会突然停下，像抱吉他一样抓起铲子，即兴创作一首流行歌曲，一会儿用木柄一会儿用铁铲在卵石上敲出节奏。他也会提着砖头跳着舞回来，迈着轻柔的步伐，出人意料地翻个跟斗。有时候，他会手指都不抬地缩在一个角落里，但恰恰因为他非凡的杂技才能，没人敢跟他说话。他不是一个好出风头的人，在玩这些小把戏的时候，他压根儿没有注意到围观的人。相反，他似乎专注于完善他的表演，重复它们、提升它们，就像一个从未停止修改他的作品的从不满足的诗人。我们偶尔看到他在搜索散落在工地上的废铁，捡起一个铁环、一根铁棒或者一块金属薄片，放在手上全神贯注地转动，通过指尖保持平衡，使它在空气里旋转。仿佛他正在努力洞察它的本质，然后围绕它创造一个小把戏。

有一天，来了一辆货车，载满卷布用的硬纸筒，我们工队被派去卸货。埃迪把我带到一间位于一扇窗户下面的地下储藏室，他在上头儿安了一个木头斜槽，我的同伴们可以通过斜槽把硬纸筒送下来。他向我演示该怎么把硬纸筒靠墙整齐地堆好，然后离开了。透过小窗我可以看到我的同伴们，他们为难得的轻活而高兴，但动作还是那么犹豫和笨拙。他们在货车和储藏室之间来回穿梭，一次运二三十个硬纸筒。埃迪有时运几根，有时运很多，但绝不是任意的。每来回一次，他都发明新的结构和建筑风格，就像搭扑克牌城堡一样，不稳定但平衡。有一回他像杂技演员玩橡胶球一般，将四五个纸筒扔到空中。

地下室只有我一个人，我有一件重要的事要做，这让我感到紧张。我得到了一张纸和一根铅笔头，很多天以来，我一直在等候写信的时机（当然，用意大利语）。我打算把信委托给一个意大利"自由"工人，他可以抄下来，签上自己的名字，假装是他自己的，然后寄给我在意大利的家人。事实上，他们严禁我们写信，但我确信我只要好好想一想，就能设计出一条信息，既能使收信人明白发生的事，又足以瞒过信件审查员的眼睛。我不能冒着被看见的风险写信，因为写信本身就自然而然地令人怀疑，（我们这些人为什么要写信，又能写给谁呢？）况且集中营和工地上满是告密者。在堆了不到一个小时的纸筒后，我觉得自己已经足够平静，可以开始写信了。

纸筒几乎不间断地从斜槽上滑下来，地下室里也没有警报声。

　　我当时没有考虑到埃迪那悄无声息的步伐。直到他盯着我，我才注意到他。本能地——或者，相当愚蠢地——我松开了手。铅笔掉在地上，但那张纸慢慢地飘落，像一片枯叶一样摇曳着。埃迪冲上去捡了起来，然后狠狠地一巴掌把我扇到地上。但我今天写下这句话时，或者在我打出"巴掌"这个词时，我意识到我正在说谎，或者至少是在将怀有偏见的情感和信息传达给读者。埃迪不是一个残忍的人，他并非打算惩罚我或让我受罪。在集中营里，被打耳光所意味的，跟今天、跟此时此刻我们所认为的，非常不一样。确切地说：它有意义，它只是另一种表达自己的方式。在那个语境下，它大概意味着："当心点，这次你闯大祸了，你可能没有意识到你在玩命，而且你也危及了我的性命。"但在埃迪和我之间——一个是德国小偷和杂技演员，一个是年轻的、缺乏经验的意大利人——这样的对话是没有用的、难以理解的（如果没有其他原因，至少因为语言问题）、荒腔走板的，而且太拐弯抹角了。

　　正是出于这个理由，拳脚和耳光作为日常语言在我们中间流传。我们很快就学会辨认有意义的殴打，并将它们与源自野性、制造痛苦和羞辱，而且常常导致死亡的那类殴打区别开来。埃迪的这种耳光，类似于你对狗的友好的拍打，或者跟你对驴子的鞭打差不多，用来传达或强调一条命令或者禁令。简言之，这是一种无声的交流。在集中营的各种苦难中，这种性质的殴打目前来说是最少令人感到痛苦的。这相当于说，我们的生活方式跟狗和驴相差无几。

埃迪等着我站起来，然后问我准备给谁写信。我用糟糕的德语回答，我没想写给谁。我只是碰巧找到了一支铅笔，写信只是一时兴起，跟乡愁无关，也不抱幻想。是的，我不仅清楚地知道写信是被禁止的，也知道把一封信送出集中营是不可能的。我向他保证我从未胆敢违反集中营的规矩。我知道埃迪肯定不相信我，但是为了博得他的同情我得说点什么。如果他向政治部告发我，等着我的就是绞刑架。但在绞刑之前，是一场审讯——怎样的审讯啊！揪出我的同伙，也许还包括获取意大利的收信人的地址。埃迪用一种奇怪的神情看着我，接着告诉我待着别动，他一个小时后回来。

这是漫长的一小时。埃迪回到储藏室的时候，手里拿着三张纸，其中一张是我的。我立刻从他脸上读出：最坏的情况没有发生。这个埃迪，要么相当聪明，要么他动荡不安的过去教会了他审讯官这一可悲职业的基本知识。他从我的同伴中找了两个（而不是一个）既懂德语也懂意大利语的人，然后将他俩隔离，让他们分别把我的信息译成德语，并警告他们：如果两份译文不一致，他不仅会向政治部告发我，也会告发他们。

他对我进行了一番我难以复述的演说。他告诉我，我很走运，两份译文是一样的，内容也没有危害。他说我一定是疯了——没有其他的解释了。只有一个疯子才会想这样赌上他的性命，（我必然会有的）意大利同谋的性命，我在意大利的亲人的性命，还有他作为卡波的职业生涯。他对我说，我活该挨耳光，而且事实上我该感谢他，因为这是天大的善事，可以使人上天堂的那种。而他，一个 Strassenrauber，一个以街头偷窃为生的人，肯定需要做善事。最后他说，他从未打算告发了事，但他自己也不知道为什么。也许仅仅因为我是个疯子。不过意大利人全都是臭名昭著的疯子，只擅长唱歌和惹麻烦。

我不相信我会感谢埃迪，但从那天起，尽管我对我的绿色三角"同事"没有好感，我开始好奇在他们的标志下面聚集着什么样的人类本质。而且，据我所知，在这面目模糊的一伙人中没有人讲过自己的故事，为此我感到遗憾。我不知道埃迪结局如何。在这个事故发生的几周之后，埃迪消失了几天。之后的一天晚上我们看到了他。他站在带刺的铁丝网与通电的围栏之间的过道上，脖子上挂着一个标牌，上面写着"Urning"（鸡奸者），但他看上去既不失落也不慌张。他看着我们工作队返回营房，一脸漫不经心、高傲、慵懒的神情，仿佛身边发生的一切跟他没有半点儿关系。

莉莉斯

一转眼，天就暗了，开始下雨。越来越大，直到大雨倾盆。工地上厚厚的土层变成一床泥毯子，足有一掌深。不仅铲土是不可能的，连站着都很困难。我们的卡波征询平民工头的意见后，对我们说，到任何能找到的地方避雨去吧。那里散落着很多十七八英尺长、直径超过三英尺的铁管。我爬进其中一段，爬到一半遇见了蒂施勒。他的想法和我一样，他是从另一头爬进来的。

　　蒂施勒是木匠的意思，我们只知道他这一个名字。这类名字还包括铁匠、俄罗斯人、傻子、俩裁缝（分别是这个裁缝和另一个裁缝）、加利西亚人，以及大高个。很长时间以来，我被叫作意大利人，然后被叫作"普里莫"或"阿尔贝托"，因为他们把我和另一个意大利人搞混了。

　　因此，蒂施勒就是那个木匠，仅此而已，但他看起来不像木匠，我们全都怀疑他根本不是。那时候，一个工程师登记成技工，或者一个记者自贬为印刷工人，都是很平常的。这样他有望比普通劳力得到更好的工作，又不会激起纳粹对于知识分子的愤怒。无论如何，蒂施勒已经分到了木匠的工作台，而且他的木工做得相当不错。很不寻常的是，作为一个波兰犹太人，他竟然会说一点儿意大利语。他的父亲教的。1917年，他的父亲被意大利人抓到都灵附近的一个营地——实际上，是一个集中营。他父亲的大部分囚犯同伴都死于西班牙流感。事实上，今天你仍可以在大墓地（Cimitero Maggiore）

的地下墓穴读到这些外国名字——匈牙利人、波兰人、克罗地亚人和德国人的，这一场景使到访者因回想起那些孤独的死者而倍感痛苦。蒂施勒的父亲也得了流感，但他挺过来了。

蒂施勒的意大利语令人发笑，充满错误，主要由歌剧片段构成。他的父亲是一位歌剧爱好者。工作的时候，我常常听到他哼咏叹调：《用我的血偿还》(*Sconto col sangue mio*)或者《我们用快乐的圣杯祭神》(*Libiamo nei lieti calici*)。他的母语是意第绪语，不过他也说德语。因此，我们没有沟通障碍。我喜欢蒂施勒，因为他不曾向倦怠低头。他步履矫健，不受木底鞋的影响，他讲话谨慎而精确，还有一张似喜非喜的警觉的脸。有些晚上，他会用意第绪语表演节目，讲奇闻逸事，或背诵一大段长诗。我很遗憾无法听懂他的话。有时他还会唱歌，这时每个人都盯着地面也没人鼓掌，但等他唱完，他们会请求他再唱一次。

我们四脚着地像狗一样相遇，这让他很高兴。要是每天都这样下雨该多好！但这是特别的一天：雨是为他下的，因为那天是他的25岁生日。纯属巧合，那天也是我的25岁生日。我们是双胞胎！蒂施勒说这时候需要庆祝一下，因为我们很可能无法庆祝下一个生日了。他从口袋里拿出半个苹果，切下一片，当作送给我的礼物。在我一年的监禁生涯中，那是我唯一一次品尝到水果的滋味。

我们静静地咀嚼着，像聆听交响乐一般，用心品味苹果珍贵的酸味。与此同时，在另一段管道里，一个女人也在躲雨。她可能是属于托德组织（Todt Organization）的乌克兰人。托德组织由为战争工作而招募的"志愿的"（他们只有很少的或者根本没有选择权）外国劳工组成。她有一张宽大的红润的脸，脸上的雨水闪闪发亮。她看到了我们，笑了起来。她慵懒撩人地摩擦着外套下面的身体，接着把头发散开，不慌不忙地梳理，然后开始把头发重新编起来。在那些日子里，我们很少能这么近距离地看到一个女人。这种体验既温柔又残酷，令你心烦意乱。

蒂施勒注意到我盯着她看，于是问我结婚了没。我还没有结婚。他假装严肃地看着我：这个年纪还单身是一种罪过。然后，他转过身，盯着那个姑娘看了一会儿。她已经编好辫子，蜷缩在管道里，哼着歌，随着音乐适时地晃动脑袋。

"这是莉莉斯，"蒂施勒突然对我说。

"你认识她？那是她的名字吗？"

"我不认识她，但我能认出她来。她是莉莉斯，亚当的第一任妻子。你不知道莉莉斯的故事吗？"

我不知道。他宽容地笑了：每个人都知道西方的犹太人都是享乐主义者，apicorsim，不信神的人。他继续说道："如果你认真读过《圣经》，你会记得创造女人这件事被叙述了两次，用两种不同的方式。但你的人民，他们只在你 13 岁的时候教你一点儿希伯来语，仅此而已。"

一种典型的情境被建立起来了，一个我喜欢的游戏：发生在一个虔诚的人与一个不信神的人之间，这个不信神的人显然是无知的，而他的对手试图通过指出他的错误，使他咬牙切齿。我接受了我的角色，并用必要的傲慢回应道：

"没错，被叙述了两次，但第二次只是对第一次的解释。"

"不对，没有深入探究的人才会那样理解。你看，如果你全神贯注地阅读，并对你读到的内容进行分析，你会意识到第一次的描述是'上帝创造了男人和女人'。这是说，他平等地创造了他们，用的是相同的尘土。然而，在下一页却说，上帝创造了亚当，尔后认为男人孤零零的并不好，于是取下亚当的一根肋骨，用它来创造女人，确切地说一个 Männin，一个女-人（she-man）。你可以看到在这里平等消失了。实际上，有人相信不仅两个故事不相同，两个女人也不一样。第一个故事里的女人不是夏娃——男人的肋骨——而是莉莉斯。由于夏娃的故事被写下来，因此人尽皆知；相反，莉莉斯的故事是口口相传的，所以只有少数人知道它——事实上是知道它们，因为有很多故事。我会讲几个故事给你听，因为今天是我的生日，天还下着雨，而且今天我的角色就是去讲述和相信。而今天你是那个不信神的人。

"第一个故事是，上帝不仅平等地创造了男人和女人，而且只从泥土里捏出唯一一个形状—— 一个有生命的泥人，一个没有形状的形状，一个背靠背的人物，也就是说，男人和女人已经合为一体。然后上帝将他们一分为二，但他们渴望再度结合。亚当立刻想让莉莉斯躺在地上，但莉莉斯不听他的号令：'我为什么要躺在下面？我们不是平等的吗？不是同一个东西的两部分吗？'亚当试图强迫她，但他们的力量也相同，因此没有成功。于是他请上帝帮忙：上帝也是男人，会站在他这一边。上帝确实这么做了，但莉莉斯做出了反抗：

平等就是一切。可两位男士固执己见，于是她诅咒上帝之名，变成了一个魔女，像箭一样飞走了，生活在海底。有些人声称他们知道得更加详细：准确地说生活在红海。每到夜里，她就会飞出水面，在世界上游荡。她把有新生儿的房子的窗户弄得沙沙作响，还试图让婴儿窒息而死。你得留心：如果她进屋了，必须拿一只碗扣住她。那样她就不能干坏事了。

"有时她会进入男人的身体，然后那个男人就被附身了。最好的治疗方法是，把他带到公证人面前或者带到犹太宗教裁判庭，正式起草一份契约，声明他要与魔女断绝关系。你在笑什么？你当然不相信，但我喜欢讲这些故事给你听。别人讲给我听时，我喜欢它们，如果它们失传了，就太可惜了。无论如何，我不敢保证自己没有添枝加叶，而且也许所有讲述过它们的人都加了点东西：故事就是这么诞生的。"

我们听到远处传来的喧闹声，不一会儿，一辆履带牵引车拉着一台扫雪机从我们旁边驶过。机器一过，被它分开的泥浆再次合拢。就像亚当和莉莉斯，我心里想。这样更好，如此一来我们就可以多休息一会儿了。

"还有关于精子的故事。莉莉斯贪婪地渴望男人的精子，她总是埋伏在精子可能喷溅的地方，特别是床单里面。所有未能去往它唯一被认可的归宿——妻子的子宫——的精子，都是属于她的：包括每个男人在一生中浪费掉的所有精子，不管是梦遗、自慰，还是通奸。如你所见，她得到了太多精子，因此她总是在怀孕、在生产。身为一个魔女，她生出的是恶魔，但他们无法造成太大的伤害，即便他们也许乐于做坏事。他们是邪恶的没有身体的精灵。他们让牛奶和红酒变酸，晚上在阁楼上到处乱跑，还使女孩儿的头发打结。

"但他们也是男人的儿子，所有男人的儿子：私生子。千真万确。他们的父亲死的时候，他们和婚生子（他们的半个兄弟）一起参加葬礼。他们像飞蛾一样绕着葬礼上的蜡烛飞舞，尖叫着讨要他们的那份遗产。你笑了因为你是一个不信神的人，你的角色就应该笑。或者，你也许从没把精子洒出来过。假如你能够从这里活着出去，你会在某个葬礼上看到拉比和他的信徒绕着死者转 7 次。他在建造一个屏障，为了防止没有身体的儿子伤害死者。

"但我仍然必须给你讲最离奇的故事。它很离奇这件事一点儿也不奇怪，因为他被写在犹太神秘主义哲学家的书里，而他们都是些无所畏惧的人。你所知道的是，上帝创造亚当之后，立刻意识到'那人独居不好，我要为他造一个配偶帮助他'。然而，犹太神秘主义哲学家说：独居甚至对上帝而言也是不好的，因此从一开始，他就将舍金娜（Shekhina），也就是他在世间的显现，当作他的同伴。也就是说，舍金娜成了上帝的妻子，也因此成了所有人的母亲。当耶路撒冷的圣殿被罗马帝国焚毁，我们遭到放逐和奴役时，舍金娜愤怒了，离开上帝与我们一同流亡。实际上，我曾想过：舍金娜也让自己变成奴隶，她就在我们身边，在这流亡的流亡中，在这个满是泥浆和悲伤的地方。

"因此，上帝独自一人，他像许多人一样无法忍受孤独和抵御诱惑，他找了一个情妇。你知道是谁吗？这是她，莉莉斯，那个魔女，这是一桩难以想象的丑闻。简单来说，它就像争吵一样，一句辱骂招致更严重的辱骂，因此争吵从不完结，而是像雪球一样越滚越大。你应该知道这场不体面的风流韵事远未结束，也不会很快完结。一方面，它是恶魔在大地上出现的原因，另一方面，它是恶魔出现的结果。只要上帝继续同莉莉斯一起犯罪，大地上的血腥和苦难就不会终结。但有一天，一个强大的存在者将会到来——我们一直等待的救世主。他会杀死莉莉斯，为上帝的纵欲和我们的流亡画上句号。没错，包括结束你的和我的流亡。意大利人，Mazel tov, 祝你好运。"

我足够幸运，但蒂施勒并非如此。多年之后，我确实出席了一场像他描述的那样进行的葬礼——绕着棺木跳保护性的舞蹈。令人费解的是，命运挑选了一位不信神的人去复述这个既虔诚又不敬的传说，其中夹杂着诗意、无知、大胆的教训，以及在失落的文明之废墟中生长出来的难以平息的悲伤。

一个徒弟

匈牙利人来加入我们，他们并非慢慢到来，而是一下子蜂拥而至。在两个月时间里——1944 年 5 月和 6 月——他们成群结队地来到集中营，填补了德国人用一系列煞费苦心的筛选制造的空缺。新来的人使集中营的结构起了深刻变化。在奥斯维辛，匈牙利人的狂潮使其他国家的人都变成了少数派，但并没有触及干部队伍，它们仍由德国和波兰的刑事犯把持。营房和工队都充满了匈牙利人，就像在任何共同体中在新来者身上所发生的，匈牙利人迅速被嘲笑、流言蜚语和暧昧的不宽容的气氛所包围。他们很多都是纯朴、健壮的工人和农民，他们不害怕体力劳动，但饭量很大，因此，短短几周就饿到皮包骨头。另外一些是来自布达佩斯或其他城市的专业人士、学生和知识分子。他们是些温和的人，动作迟缓、有耐心、有条不紊，饥饿没那么使他们感到痛苦，但他们娇嫩的皮肤不一会儿就被褥疮和瘀伤所覆盖，像一匹被虐待过的马。

到了 6 月底，我们工队一大半都是状态良好的人，他们仍然营养充足，乐观而快活。他们用令人惊奇的慢吞吞的德语和我们交流，彼此之间则说着一种古怪的语言。这种语言里充满不寻常的曲折变化，由不可胜数的词语构成，用慢得烦人的速度说出来，重音全都落在第一个音节。

其中一个被派来做我的工作搭档。他是一个强壮的、中等身材的、有着粉色脸庞的年轻男人，所有人都叫他班迪。他向我解释道，班迪是安德烈（Endre）的简称，仿佛这是世界上最自然不过的事。我们那天的任务是，用一种前后各装有两支撑杆的简陋的木担架搬运砖头：20 块砖一趟。半道上有一个工头会检查装载量是否符合标准。

20 块砖是很沉的。在去程中，我们没有太多说话的力气（至少我没有），在返程中，我们会聊天，我知道了很多关于班迪的迷人故事。今天我没有办法把它们都复述出来：每个记忆都会褪色。尽管如此，我将关于班迪这个男人的记忆视为珍贵之物坚守着，我很高兴能将它们写在纸上，保留下来。我只希望，由于某种几乎不可能发生的奇迹，这页纸可以到达世界上的某个角落，在那里他依然活着，也许，他能够读到并从中认出自己。

他告诉我，他的名字叫安德烈·桑托（Endre Szánto），在意大利语里 Szánto 发音有点像 Santo（神圣的），这强化了我某种模糊的印象，仿佛有一个光环围绕着他剃光的脑袋。我把我的想法告诉他，他笑着跟我解释，不是我想的那样：桑托的意思是庄稼汉，或者更一般地说农民，在匈牙利这是一个很常见的姓氏，另外，他不是一个庄稼汉，他在工厂工作。三年前德国人就把他抓起来了，不是因为他是犹太人，而是因为他的政治行动。他被招入托德机构（Todt Organization），然后被送到乌克兰的喀尔巴阡山当伐木工。他在森林里待了两个冬天，和三个伙伴一起砍松树。工作很繁重，但是他喜欢，他在那儿几乎过得很愉快。与此同时，我意识到，班迪有一种独一无二的感受幸福的天赋。压迫、羞辱、艰难的工作、流亡——这一切似乎全部从他的身边滑过，就像水流过石头，不仅没有腐蚀或伤害他，实际上还净化和提升了他内心天生的快乐的能力。仿佛我们说的是伊日·朗格尔（Jirí Langer）的小说《九道门》（*The Nine Doors*）里所描述的天真、愉快、虔诚的哈西德派教徒。

班迪告诉我他进入集中营的经过。列车到站后，党卫军命令所有人脱掉鞋子，挂在脖子上，然后光着脚走在铁路路基那凹凸不平的石头上，从车站到营地走了整整7公里。他带着羞涩的微笑讲述这段故事，不仅没有乞求怜悯，相反还带着一丝孩子气的和斗士般的虚荣心——我挺过来了！

我们往返了三趟，其间我断断续续地努力向他解释，他所处的地方不是为文雅、谦逊的人准备的。我努力说服他相信我近来的一些发现（说实话，我还没很好地融会贯通）：在这儿，为了勉强活下去，必须忙碌起来、设法获得违法的食物、躲避工作、找到有影响力的朋友、隐藏思想、偷盗和撒谎。任何不这么做的人都死去了，他的圣洁对我来说似乎是危险的、不合时宜的。正如我刚才说过的，因为20块砖很沉，在第四个来回的时候，我从货车上搬下17块砖而不是20块，向他展示：如果你用特定的方法将它们摆在担架上，只在底部留出一些空间，那么没有人会怀疑不到20块。这是我发明的一个小计策（然而，后来我发现这是人尽皆知的），我已经成功干过几次了。另外几次它招致毒打。无论如何，作为我刚才向他详细说明的理论的一个好例子，它很好地服务于我的教育目的。

班迪对于他"Zugang"（新来者）的身份，以及由此衍生的社会地位很敏感。因此，他没有反驳我，但对我的发明也没有表现出任何热情。"如果这儿有 17 块砖，为何我们要让他们相信有 20 块呢？"

"但 20 块比 17 块要沉，"我不耐烦地回答，"而如果好好排列的话，没有人会注意到。另外，它们也不是用来建造你的或我的房子。"

"没错，"他说，"但是，它们仍然是 17 块而不是 20 块。"他不是一个好徒弟。

我们在同一个工队里继续一起干了几个星期活。他告诉我，他是共产主义的支持者，但不是党员，然而，他的语言是典型的基督教式的。他工作时既敏捷又强壮。他是工队里最好的工人，但他不打算从他的优势中获利，也不向德国领班邀功，也不向我们逞威风。我告诉他，在我看来这样干活是浪费能量，而且政治不正确。但班迪丝毫没有理解我的迹象，他不想撒谎。我们在那个地方应该工作，因此他尽其所能地工作。一眨眼工夫，靠着他容光焕发、天真烂漫的脸，精力充沛的声音，笨拙的步伐，班迪变得非常受欢迎，成了所有人的朋友。

8 月来了，随之而来的还有一件特别的礼物：一封家书——一件出乎意料的事。6 月的时候，通过一个做泥瓦匠的"自由"意大利劳工做中介，把信寄到一个叫作比安卡·圭代蒂·塞拉的女性朋友家，我极度不负责任地给我躲藏在意大利的母亲捎去了一条信息。我像完成一个仪式一样完成所有这些事情，从没期待它能成功。然而，我的信毫无困难地抵达目的地，我的母亲也通过同样的方式回信。来自甜美的世界的信在我的口袋里燃烧，我知道对此保持沉默是最基本的审慎态度，但是我必须谈论它。

就趁着我们清理蓄水池的时候。班迪和我一起下到水池里。在灯泡微弱的光线下，我开始朗读那奇迹般的信，匆忙地把它翻译成德语。班迪聚精会神地听着。当然，他无法理解太多，不仅因为德语不是我和他的母语，也因为信息的简略和有所保留。但他理解了最为本质的东西：我手里这张通过如此危险的方式到来的纸，我在黄昏之前就必须毁掉，它代表了一道裂缝，代表了紧紧地包围着我们的黑暗宇宙的一个小小的裂口，而希望从这道裂缝中透进来。尽管班迪是个新来者，但我相信他理解了或感受到了这一切。因为在我读信时，他靠近我，仔细翻查他的口袋，最后充满亲切关怀地掏出一个萝卜。他满脸通红地把它递给我，又害羞又自豪地说："我学会了。这是给你的。这是我偷来的第一件东西。"

我们的海豹

早晨的时候，事情是这样展开的：当起床号响起（这时仍伸手不见五指），我们首先要做的就是穿上鞋子，不然它们就会被人偷走。鞋子被偷可是个无以言表的悲剧。接着，在尘土和相互推搡中，我们努力按照规定整理好床铺。在这之后，我们立马冲向厕所和浴室，跑步去排队领面包，最后慌忙冲进列队点名的广场。我们与我们的工队会和，等着人数清点完毕和天空变亮一些。我们的同伴如鬼魅一般，一个接一个站在黑暗里。我所在的工队是一个好队伍。我们有某种团队精神，里面没有笨拙又爱抱怨的新手，而且我们之间存在一种粗略的友谊。正式地相互问候是我们的一项传统：早上好，赫尔（Herr）医生，早安，西格诺尔（Signor）律师，主席先生您昨晚睡得如何？您用过早餐了吗？

龙尼茨（Lomnitz）出现了，他是一位来自法兰克福的古董收藏家；接着是茹尔蒂（Joulty），一位巴黎来的数学家；然后是希尔施（Hirsch），一位来自哥本哈根的神秘商人；还有雅利安人雅内克（Janek），一名克拉科夫来的高大的铁路工人；还有埃利亚斯（Elias），一个来自华沙的矮子，他粗俗、疯狂，还可能是个间谍。和往常一样，来得最晚的是来自柏林的药剂师沃尔夫（Wolf），他弓着背、戴着眼镜，低声哼着一首乐曲的主旋律。他的犹太人鼻子像船头一样劈开浑浊的空气。他叫它 "hutménu"，一个希伯来语，意思是 "我们的海豹"。

"巫师来啦，涂疥疮膏的人来啦，"埃利亚斯隆重地宣布。"欢迎加入我们，最卓越不凡的人，Hochwohlgeborener。你睡得好吗？夜里获得什么新消息吗？希特勒死了吗？英国人登陆了吗？"

沃尔夫站到队伍里。他的低吟声逐渐变大，调子也变得更加丰富多彩，有些同伴听出这是勃拉姆斯的狂想曲、作品53号的最后一小节。沃尔夫，这个含蓄、庄严的四十岁男人靠音乐过活：他沉醉其中，各种主旋律在他心中你追我赶，时时翻新。仿佛它们是通过他著名的鼻子，从集中营的空气中吸进去，又提炼出来的。他分泌音乐，就像我们的胃分泌饥饿。他准确（但技法并不精湛）地模仿各种乐器，一会儿是小提琴，一会儿是长笛，一会儿是管弦乐队的指挥，皱着眉头指挥他自己。

有人在窃笑，而沃尔夫（根据意第绪语发音是沃勒夫）做了一个恼怒的手势，要求大家安静下来：他还没唱完呢。他全神贯注地唱着，身体前倾，眼睛注视地面。他身边很快聚集起四五个同伴，肩并肩围成一圈，所有人的姿势都跟他一样，仿佛围着脚边的一个火炉取暖。沃尔夫继续从小提琴变成中提琴，用三段华丽的变奏三次再现主旋律，然后突然停在一个华丽的结束音上。他独自一人谨慎地为自己鼓掌，其他人也跟着鼓掌，沃尔夫庄严地鞠了一躬。掌声渐熄，但埃利亚斯继续使劲拍手，欢呼着："沃尔夫，沃勒夫，疥疮沃勒夫。沃勒夫是最聪明的人。你们知道为什么吗？"

沃尔夫已经恢复到常人的模样，不信任地看着埃利亚斯。

"他得了疥疮，但他不挠！"埃利亚斯说，"这是个奇迹：我们的上帝，宇宙之王，赐福与你。我知道他们，我知道这些日耳曼人：集中营的元老是日耳曼人，治疗疥疮的医生是日耳曼人。沃尔夫是日耳曼人，这足以使他成为涂药膏的人，成了疥疮沃尔夫。但毫无疑问，他是一个完美的涂膏者，像一个犹太母亲，像一场梦。他也给我涂药膏，治好了我，感谢上帝，感谢正直的人。现在，由于给所有人涂药膏，他也得了疥疮，给自己涂药膏。不是那样吗？大师？没错，他涂自己的肚子，疥疮从那里开始长。每晚他都偷偷地涂。我看到了，没有什么事可以逃过我的法眼。不过他是个狠角色：他不挠。正直的人不挠自己。"

"胡扯，"雅利安人雅内克说，"任何得疥藓的人都会挠的。得疥藓就像坠入爱河，一旦得了，就看得出来。"

"没错，但是疥藓沃尔夫大师得了不挠。我不是说他是最聪明的人吗？"

"埃利亚斯，你是个骗子，集中营里最大的骗子。不可能得了疥疮不挠。"雅内克一边说，一边开始下意识地挠自己，其他人也跟着挠起来。无论如何，我们所有人都得了疥疮，或者快要得，要么刚刚痊愈。埃利亚斯爆发出魔鬼般的笑声，指着雅内克说："让我们来看看吧，看看沃勒夫是不是铁打的。连健康的人都会挠自己，但布满疥疮的沃尔夫像个国王一样，一动不动地站在那里。"他突然一跃，扑向沃尔夫，脱下他的裤子，掀起他的衬衫。在黎明时分恍惚不定的光线中，我们瞥到了沃尔夫又白又皱的肚子，上面布满抓痕和发炎的脓包。

与此同时，沃尔夫向后一跳，试图避开埃利亚斯，但矮沃尔夫一头的埃利亚斯跳起来，抓住了沃尔夫的脖子。两人同时倒下，陷进黑色的泥浆里，埃利亚斯在上面，沃尔夫则喘着粗气，几近窒息。有人试图阻止他们，但埃利亚斯太强壮了，他像八爪鱼一样用手和脚缠住沃尔夫。沃尔夫努力用脚和膝盖对着埃利亚斯一通乱踢，但他的反抗越来越微弱。

沃尔夫很走运，卡波来了。他很明智地赏给两个在地上缠成一团的人一顿拳打脚踢，然后把他俩分开，让所有人排成一排。列队去工作的时间到了。这次意外并不特别令人难忘，实际上大家很快就忘记了。但疥疮沃尔夫这个绰号一直顽固地跟着我们的主人公，伤害着他的自尊心，甚至在几个月后，他的疥疮已经痊愈并从涂药膏的岗位上退下来以后依旧如此。他无法接受，明显为此感到痛苦，而这阻碍了这个绰号被淡忘。

一个姗姗来迟的春天总算到了，阳光开始变好的时候，有一个不用工作的星期天下午，它就像桃花一样既脆弱又珍贵。人们把时间花在睡觉、在营房间热络地串门，或者缝补破旧的衣服、用铁丝固定纽扣，或者在石头上磨指甲。伴着带有潮湿泥土的芬芳的和风，我们听到远处飘来一个声音，一个如此奇异、如此出乎意料的声音，以至于所有人都抬起头侧耳倾听。那个声音是微弱的，就像那天的天空和太阳。没错，它是从远处传来的，但是来自集中营里面。有些人克服了懒惰，像警犬一样开始搜寻，竖起耳朵、步履蹒跚地一处处寻找。他们发现疥疮沃尔夫坐在一个木板堆上，心醉神迷地拉着小提琴。他的海豹在颤抖，向着太阳扬起，他近视的眼睛越过铁丝网望着波兰黯淡的天空。他从哪里找到小提琴这是个谜，但老手都知道在集中营什么都可能发生。他可能是偷来的，也可能是用面包租来的。

沃尔夫为自己演奏，但路过的人都满脸贪婪地停下来聆听，像熊闻到蜂蜜一样，渴望、羞涩、迷茫。埃利亚斯在不远处的地上躺着，肚子着地，盯着沃尔夫，几乎被迷住了。他角斗士一般的脸上，笼罩着一种有时会在死者脸上看到的心满意足的恍惚神情，这种神情使人们相信，在这个门槛上，他们有一瞬间看到了一个更好的世界。

吉卜赛人

一份公告被贴到营房的门上，所有人都挤到跟前看。公告是用德文和波兰文写的，一个法国囚犯夹在人群和木门之间，一边费劲地努力翻译，一边发表评论。公告说，作为一项特例，允许所有囚犯给他们的亲人写信，只要符合下面这些以真正的德国人的方式详细、清楚地阐明的条件：你只能写在营长分发的表格上，一个囚犯一张；唯一被认可的语言是德语；只有以下这些地址会被接受：德国境内、被占领地区，以及盟国，比如意大利。你不可以请求寄送食物包裹，但你可以对可能会收到的任何包裹表示感谢。读到这儿，那个法国人使劲喊道："浑蛋！"然后，不继续往下读了。

　　越来越喧闹，越来越拥挤，人们用几种不同的语言混乱地交换着意见。谁曾正式收到过一个包裹？或者甚至只是一封信？此外，谁知道我们的地址？如果"奥斯维辛集中营"可以被视为一个地址。而且我们能写信给谁？我们的所有亲人都像我们一样被关在集中营里，或者死了，或者躲在欧洲的某个角落害怕遭受跟我们一样的命运。这明显是一个诡计：盖着奥斯维辛邮戳的感谢信将会被展示给红十字会的代表团，或者其他有中立的权威的人，用来证明归根结底奥斯维辛的犹太人并没有被太过糟糕地对待。看看他们怎样收到家里送来的包裹吧。一个肮脏的谎言。

　　形成了三种意见：根本不写，写但不感谢任何人，写并表示感谢。最后一种行动的支持者（当然很少）主张，关于红十字会的理论只是可能的，但不是确定无疑的，仍存在这样一种可能性（尽管很微弱），信会到达目的地，而感谢会被理解为送包裹的建议。我决定写一封不表示感谢的信，寄给能够找到我的家人的基督徒朋友。我借了一支笔，领到表格，开始写信。我在平时（违法的）穿在胸前用来防风的水泥包装纸上写了一份草稿，然后开始把文本复制到表格上。我感到局促不安，由于自从被捕之后，这是我第一次感到与家人沟通和交流（即使只是理论上的），因此想要一个人待着。但在集中营里独处比面包更珍贵和稀有。

我有种有人在监视我的芒刺在背的感觉。我转过身：是新来的同铺的人。他安静地看我写信，带着无辜又令人恼怒的孩子般的固执，只有小孩才对目不转睛地观看不感到羞耻。几个星期前，他跟匈牙利人和斯洛伐克人一起来到这儿。他很年轻，又黑又瘦。我对他一无所知，甚至连名字都不知道，因为他在另一个小队，而且只有到了宵禁时刻才上床睡觉。

我们之间只有很少的同志情谊，只限于同国同胞之间，而且甚至对同胞的情谊也因最低限度的生活条件减弱了。至于新来者，情谊确实为零，实际上是负的。从这方面以及其他很多方面来看，我们大大地退化了，变得冷酷。我们倾向于将"新"囚犯同伴视为异族的、畸形的、累赘的野蛮人，他侵占了空间、时间和面包，不知道心照不宣但牢不可破的共同生存的法则，而且用烦人又荒唐的态度（而且出于错误的理由）抱怨，因为仅仅几天前，他还在家里，或者至少在铁丝网之外。新来的人只有一个长处，从世界上带来最近的新闻，因为他读了报纸，听了广播——也许甚至是盟军的广播。但如果他带来的是坏消息，比如战争不会在两周内结束，那么他除了是讨厌鬼之外，一无是处，只会因为无知而被排挤和嘲笑，或者遭受残忍的嘲弄。

然而，我背后的这个新来者，尽管他在监视我，却引起了某种模糊的怜悯之情。他看起来毫无防备又迷茫，他像一个孩子一样需要支持。他显然没有掌握做出选择的重要性，是写还是不写，以及写什么，他既不焦虑也不猜疑。我转过身背对他，使他看不到我手上的这张纸，然后继续我那并不简单的工作。斟酌每个词是至关重要的，以便它可以给不大可能的收信人传达最多的信息，同时不使可能的审查者起疑心。必须用德语写信增加了难度：我在集中营里学会了德语，它下意识地重现了单调的、粗俗的兵营土语。我的词汇量不多，特别是用来表达感情的那些。我感到愚蠢无能，仿佛我必须把那封信刻在石头上。

我同铺的伙伴耐心地等我写完，然后用我听不懂的语言说了几句话。我用德语问他想要什么。他把他空白的表格展示给我，又指了指我写满字的表格。简言之，他让我帮他代写。他应该知道我是意大利人，为了更好地澄清他的请求，他说了一些口齿不清的话，这些仓促说出的语言听起来更像西班牙语，而非意大利语。他不仅不会写德文，他压根儿就不会写字。他是个出生在西班牙的吉卜赛人，曾经漫游到德国、奥地利和巴尔干半岛，最后不料落入纳粹在匈牙利布下的罗网。他正式介绍自己：格里戈，他的名字叫作格里戈，他 19 岁。

他请我写信给他的未婚妻。他会给我报酬。用什么？他回答用一份礼物，但没有详细说明。我让他用面包来换，半份面包对我而言是个合理的价格。今天，我对这个要求有点惭愧，但我必须提醒读者（和我自己），奥斯维辛的道德规范跟我们的不一样。格里戈不久前才来到集中营，他不像我那样饥饿。

他确实接受了。我伸手去拿他的表格，但他又拿了回去，反而递给我另外一张纸片：这是一封重要的信，最好打个草稿。他开始口述那个女孩的地址。他或许看出了我眼中一闪而过的好奇，也许还有嫉妒，因为他从衬衫里掏出一张照片，骄傲地拿给我看：她几乎还是一个孩子，有着会笑的眼睛，身旁站着一只白色的小猫。我对吉卜赛人的敬意增加了，藏着一张照片进入集中营并不容易。几乎像是感到有必要做出说明，格里戈解释道，她不是他自己选的，而是父亲挑选的，她是正式的未婚妻而不是随随便便诱拐来的。

他向我口述的是一封复杂的情书，充满各种家庭细节。它包括一些对我而言意义不明的问题，以及我建议格里戈删除的关于集中营的信息，因为它们太令人难堪了。格里戈特别强调一点：他想要告诉她他将会寄给她一个"muñeca"。一个 muñeca？没错，一个玩偶，格里戈尽其所能地解释。由于两个原因，这使我感到尴尬：一则我不懂德语的玩偶怎么拼写，二来我无法想象，出于什么理由和通过什么方式格里戈打算或必须让自己许下这个既疯狂又危险的承诺。我觉得向他解释这一切是我的职责所在。我比他更有经验，而且对我而言，抄写员这一角色似乎赋予我某种义务。

格里戈对我报以一个令人放下戒备的微笑,一个"新来者"的微笑,但没有更多解释。我不知道他是难以解释,还是受到语言限制,还是有意为之。他告诉我他绝对有把握会寄给她一个玩偶,找到一个玩偶不成问题:我可以立刻做一个,就在这儿。他出示了一把漂亮的小折刀。喔不,格里戈肯定精通各种门道。再一次,我不得不钦佩他。他进入集中营的时候,一定十分足智多谋,因为那时他们会拿走你所有的一切,甚至你的手帕和头发。他或许没有意识到,但像这样一把小刀至少值 5 份面包。

他问我哪里有树,他想从上面砍一根树枝,因为用新砍的树枝做玩偶会更好。又一次,我努力劝阻他,并降低到他能够理解的层次:这里没有树,除此之外,寄给一个女孩用奥斯维辛的木头做的玩偶不是像是要把她吸引到这里来吗?但格里戈不可思议地自信地扬起眉毛,食指碰着鼻子说道,事情正好相反:那个玩偶会带他出去,那个女孩知道该怎么做。

写完信后,格里戈掏出一份面包,将它与小刀一起递给我。这是一个惯例,或者实际上是一条不成文的法律:用面包支付报酬的时候,一方切面包,另一方挑选,因为通过这样的方式才能引导切面包的一方把面包尽量切得均等。我惊讶于格里戈已经知道这个规矩,但我转念一想,或许这规则在集中营以外也适用,它在格里戈那个我一无所知的世界里通行。我切完了,他很有礼貌地赞美我:把两份切得一样对他不利,但我毫无疑问切得很好。他向我道谢。而我再也没有见过他。毋庸多言,我们那天写的任何一封信都不曾到达目的地。

领唱人和营房长

我们新来的营房长是德国人，但他带地方口音的德语令人难以理解。他 40 岁上下，高大、强壮、肥胖。有传言说，他属于德国共产党的保守派，他曾参加斯巴达克同盟的起义，并在起义中负伤。但由于集中营里密探云集，这不是一个可以公开谈论的话题。他金色的浓密的眉毛上确实有一道疤痕，而且他肯定是一个退伍军人。他来集中营已经 7 年了，在政治犯的红色标志下，戴着一个小得令人难以置信的数字：14。

到奥斯维辛之前，他被关在达豪集中营，而且他是奥斯维辛的创建者之一。他是由三个犯人组成的传奇的侦察队的一员，他们从达豪集中营被送到上西里西亚（Upper Silesia）去建造第一个营区。简言之，他是在任何人类群体中都有权说"当我年轻的时候"的人，并且有资格因此得到尊敬。他确实受到尊敬，但与他的过去相比，更多是因为他有力的拳头和敏捷的身手。他的名字叫奥托（Otto）。

弗拉杰克（Vladek）从不洗澡。这件事人尽皆知，还成了营房里取乐和闲聊的话题。但这极富喜剧色彩，因为弗拉杰克不是犹太人。他是来自波兰乡下的男孩，他会收到家里寄来的装着里脊肉、水果和毛袜的包裹，因此，他是潜在的某种有地位的人。尽管如此，他从不洗澡。

他瘦骨嶙峋又笨手笨脚，工作一结束，他就一言不发地钻进他的床铺。事实上，弗拉杰克的脑子比小鸡好不了多少，可怜的家伙，如果没有刚刚提到的收包裹的特权（包裹里的大部分东西都被偷走了），他老早以前就该死在毒气室里了，即便他也戴着政治犯的红色三角。弗拉杰克以前应该是个政客。

奥托几次要求他遵守秩序（因为保持营房成员的卫生是营房长的职责）：起初用温和的方式，也就是说大声斥责他，接着用耳光和拳头，但都没有效果。种种迹象表明，（无论如何几乎不懂德语的）弗拉杰克无法把原因和结果联系起来，或者也许不记得一天接一天遭受的殴打。

在9月里一个温暖的星期天，一个稀有的不用工作的星期天，奥托宣布，他将为48号营房的居住者免费提供一个庆典，一个从未见过的奇观——公开给弗拉杰克洗澡。

一个汤桶被拿出来，简单漂洗过后，装满了浴室里的热水。他把全裸的、直立的弗拉杰克放进去，亲自清洗他，先用一把笨重的刷子，接着用地毯把他从头擦到脚，仿佛洗的是一匹马。

弗拉杰克身上布满瘀青和擦伤，他像一根杆子一样目光呆滞地站在那里。看客们大笑着簇拥在一起，奥托则皱着眉头，好像在执行一件精细的工作。他对弗拉杰克吼了一些粗鲁的话，这些话事实上是铁匠在给马钉蹄铁的时候，用来防止马移动的。这真是滑稽的一幕，足以让人忘掉饥饿，也值得讲给其他营房的伙伴听。最后，奥托把弗拉杰克整个从桶里抬出来，用方言咕哝了几句关于留在桶里的"燕麦粥"一类的话。弗拉杰克变得如此干净，连肤色都变了，以至于我们都快认不出他来了。

我们散开了。总结道，奥托不是最坏的人，其他处在他的位置上的人可能会用冰水，或者把弗拉杰克转到惩罚营，或者把他打得不成人形。因为在集中营里没有给予蠢人的宽容。相反，他们承受着被如此公然戏弄的风险，而且（与德国民族对标签的热情相一致）被戴上一个写着"Blöd"（弱智）的白色徽章。这一标记——特别是跟红色三角成对出现时——对党卫军来说象征着无穷无尽的娱乐之源。

奥托不是最坏的人这个观点很快就被证实了。几天后就是赎罪日（Yom Kippur），赎罪和宽恕的日子，但无论如何我们还是要工作。我不知道这个日子是如何在集中营里传开的。因为犹太历法是阴历，跟普通历法不同步。可能是某些更虔诚的犹太人精确地计算着过去的日子，也可能是新来的人带来了这个消息，因为总有填补空缺的新来者。

在赎罪日的前夜，我们像平常一样排队领汤。我前面站着埃兹拉（Ezra），一个职业钟表匠和来自遥远的立陶宛村庄的安息日领唱者。他以我无法描绘的方式，流亡再流亡，最后在意大利被捕。他又高又瘦，但并不驼背。他的眼睛像东方人那样有点儿向上斜，明亮又生动。他很少说话，从不提高嗓门。

当埃兹拉来到奥托面前时，他并没有把饭盒伸出去。他反而说道："营房长先生，今天是我们的赎罪日，我不能喝汤。我恭敬地请求您帮我保存到明天晚上。"

跟埃兹拉一样高但比他壮两倍的奥托已经把汤从桶里舀出来了，他突然停下，长柄勺举在半空中。我们看到他的下颚缓慢地平稳地向下移动，张大嘴巴。

在他的集中营岁月里，他从来没有碰到过拒绝食物的囚犯。好一会儿，他不确定是否该嘲笑或打那个瘦高个一个耳光——这个人是在拿他开玩笑吗？但他不这么认为。奥托让埃兹拉站在一边，等他分完汤再来见他。

埃兹拉耐心地等着，然后敲了门。奥托让他进去，然后把他的谄媚者们赶出房间。他想单独完成这次谈话。他卸下平日的角色，用没那么粗暴的声音问埃兹拉，赎罪日是干什么的？那天会比其他日子更少感到饥饿吗？

埃兹拉回答，他当然不会更不饿一点。而且赎罪日这天也不应该工作，但他知道，如果这样做，他会被告发，然后被杀死。因此他会工作，律法允许为了拯救自己或他人的性命而打破几乎所有戒律和禁令。不过，他决定遵守斋戒的规定，因为他不确定那是否会导致他的死亡。

奥托问他，要赎什么罪。埃兹拉回答，有一些是他知道的，有一些是在不知情的情况下对别人犯下的，而且一些智者认为，他的分享、赎罪和斋戒并不是一件严格的个人事务。他很可能会为使上帝宽恕其他人犯下的罪做出贡献。

奥托变得越来越困惑，被惊愕、想笑的冲动，以及一种无以名状的感觉所撕裂，他本以为这种感觉已在他的心中死去，被数年含糊野蛮的集中营生活以及甚至更早期的严酷的政治斗争所扼杀。奥托用柔和的声音向他解释，朗读《约拿书》是赎罪日的传统。没错，就是那个被大鱼吞掉的约拿。

约拿是一个严厉的先知。在经历大鱼一事后，他向尼尼微的国王布道，要求其忏悔。但当国王忏悔他和他的人民的罪恶，并颁布让所有尼尼微人甚至他们的牲口都进行斋戒的法令时，约拿依旧怀疑国王在耍花样。他继续同上帝争辩，上帝倾向于宽恕尼尼微人，尽管他们崇拜偶像，还左右不分。

奥托打断他说："你想用你的故事告诉我什么？是在说你在为我斋戒吗？为每个人，甚至为了——他们？或者我也应该斋戒？"

埃兹拉回答，他不像约拿，他不是一个先知，而是一个乡下的领唱人。但他应该坚持请求营房长先生帮这个忙：把他的汤和明天早上的面包留到第二天晚上，但没有必要保温，尽管让它变凉。

奥托问，为什么？埃兹拉答道，有两个好理由，一个是宗教的，一个是世俗的。首先，（说到这儿，也许是下意识的，他开始用一种抑扬顿挫的嗓音讲话，腰部以上微微地前后摆动，像谈论宗教事务时常见的那样）根据某些评论，在赎罪日生火之类的事是不明智的，即便对基督徒而言也是如此。第二点，集中营的汤会很快变酸，特别是放在暖和的地方。所有囚犯都愿意吃冷的而不是酸的。

奥托再一次反驳，汤很稀，事实上它更像是水而不是别的，因此，这是一个关于喝而不是吃的问题。他在说这些话的时候，发现了另一种久违的乐趣：他的政党会议上的激烈辩论。埃兹拉向他解释，这种区别无关紧要。斋戒日，一个人不吃也不喝，甚至不喝水。然而，如果一个人吃东西时比约会时还要小声，喝东西时声音不超出齿颊之间，那么他就不会招致神圣的惩罚。按照这种计算方式，这类吃喝可以被排除在外。

奥托咕哝了一个难以理解的句子，里面重复了"meshuge"这个词。（这是个意第绪语词汇，意思是疯狂的，但所有德国人都理解这个词。）然而，他还是向埃兹拉要了饭盒，装满汤，然后把它存放在一个作为行政人员有权使用的带锁的小私人储物柜里。对埃兹拉说，第二天晚上来拿走它。埃兹拉认为汤的分量非常足。

如果不是有一天我们把水泥从一间储藏室搬到另一间储藏室时，埃兹拉自己巨细靡遗地讲给我听，我不可能知道这么多细节。

事实上，埃兹拉并没有疯（meshuge）。他只是继承了一项古老的、悲伤的、奇异的传统，这项传统的核心在于厌恶恶魔，并在"律法的周围立起一道围栏"，以便防止恶魔从围栏的缝隙里溜进来把律法淹没。1000 年来，围绕这一核心，镶嵌了大量不断增殖的评论、演绎、几近狂热的微妙区别，以及进一步的戒律和禁令。而且 1000 年来，在不计其数的移民和屠杀中，许多人像埃兹拉一样行事。这就是犹太人民的历史为何如此古老、悲伤和奇异的原因。

战争中的最后一个圣诞

从各方面看来，作为奥斯维辛一部分的莫诺维茨都不是一个典型的集中营。将我们与世界隔绝的障碍物——以双层带刺的铁丝网为代表——并非像其他地方一样密不透风。我们的工作使我们平常可以接触到那些"自由人"，或者至少不是像我们这样的奴隶：技工，德国工程师和工头，俄国和波兰工人，英国、美国、法国和意大利战俘。这些集中营（Konzentrations-Zentrum，KZ）里的流放者被禁止同我们讲话，但禁令一再被无视，此外，我们可以经由一千种渠道获知来自自由世界的消息。我们在工厂的垃圾堆里找到报纸的复制品（有时是被雨水浸泡过的两三天前的报纸），我们带着恐惧阅读德国人的新闻简报：它们残破不全，被审查过，言辞婉转，却又意味深长。盟军战俘偷偷收听来自伦敦的广播，他们小心谨慎地把消息带给我们时，真令人高兴。1944年12月，俄国人进入了匈牙利和波兰，英国人进入了罗马尼亚，美国人虽然挺进阿登高地时颇为吃力，但在太平洋上击败了日本。

无论如何，对于战事进展如何这类来自远方的消息，我们并没有实际的需求。晚上，集中营的所有噪声都沉寂以后，我们听到大炮的轰鸣越来越近。他们的先头部队距我们已经不足100公里了，有传言红军已经到西喀尔巴阡山了。我们工作的大型工厂已经被凶猛而精准的炸弹空袭过好几次：一枚炸弹，仅仅一枚，落在主发电厂上，就让它停摆了两个星期；

而故障修好后，烟囱刚开始冒烟，又一枚炸弹落了下来。显然，俄国人，或与俄国人协同作战的同盟军只打算使工厂停产，而不是破坏它。他们想在战争结束的时候完好无损地接管它，他们也的确这么做了，它就是今天波兰最大的合成橡胶工厂。那里没有主动性的空袭防御，也看不到相互追逐的飞机，屋顶上有枪手，但他们并不开火，或许已经没有弹药了。

简言之，德国已经危在旦夕了，但德国人并不自觉。7月对希特勒的暗杀失败后，这个国家就处于一种恐怖状态：指控、旷工、言语轻率足以让你像一个鼓吹战败的人一样落到盖世太保手上。因此，士兵和市民被恐惧和与生俱来的纪律性所驱使，一如往常地做着他们的工作。一个狂热的自我毁灭的德国使一个如今失去了勇气和受到深深挫败的德国感到恐惧。

不久之前，快到10月底的时候，我们有机会看到一家狂热盲信的学校、一个纳粹教育的典型范例的"特写镜头"。在我们集中营旁边一些未开发的土地上，一个希特勒青年团（Hitlerjugend）的营地被建立起来。团里约有两百个少年，他们几乎都还是孩子。他们早上练习升旗，唱好战的颂歌，戴着古代的头盔进行队列和射击练习。我们后来明白，他们预备加入人民冲锋队（Volkssturm），根据领袖的疯狂计划，这支由老人和儿童组成的老弱病残军队本打算被用作抵挡俄国人进攻的最后一道防线。但在某几个下午，他们的教官——党卫军的退伍老兵——会在我们清理轰炸留下的瓦砾堆，或者建造由草砖或沙包组成的低矮且无用的防护墙时，带他们过来参观。

教官带他们来我们中间进行"导览旅行",大声地教导他们,仿佛我们既没有耳朵可以听,也没智力可以理解他的话。"你们看到的是帝国的敌人,你们的敌人。看看他们吧:你能把他们叫作人吗?他们是下等人(Untermenschen)!他们浑身恶臭,因为他们不洗澡,他们衣衫褴褛,因为他们不爱惜自己。不仅如此,他们中的很多人甚至不懂德语。他们是来自欧洲各地的危险分子、强盗和小偷,但我们已经把他们变得无害了。现在他们为我们工作,但只能胜任最原始的工作。另外,让他们拼命清理战场是正确的。这是一些好战的人:犹太人,共产主义者,以及财阀统治的代言人。"

儿童兵既忠诚又迷惑地听着。近距离观察唤起了他们的痛苦和恐惧。他们又瘦弱又胆怯,但他们看着我们时,带着强烈的恨意。似乎我们就是为所有的恶、为废墟中的城市、为饥荒、为他们在俄国前线死去的父亲担负罪责的人。领袖是严厉却又公正的,为他效命即是正义。

我那时作为一名"专家"在工厂的化学实验室里工作:这里的事情我已经在其他地方写过了,但奇怪的是,这些记忆并不会随着时间的流逝而消失或变淡。那些我觉得已经淡忘的细节反而更丰满了,它们常常在别人的回忆里、我收到的信和我读过的书中获得意义。

下雪了,天很冷,在那个实验室里工作并不轻松。有时候,取暖设备罢工,晚上凝结的冰块会使装试剂的玻璃瓶和装蒸馏水的烧瓶爆裂。我们常常缺少化学分析所需的稀有原料，必须临时改良或制造所缺少的东西。由于缺少色度测量所需的乙酸乙酯，实验室主任给了我需要用到的醋酸和乙醇，让我准备一升。过程十分简单，我1941年在都灵的有机制剂课程上就做过。虽然不过是三年前的事儿，却似乎过了三千年……一切顺利，进入了最后的蒸馏阶段，但就在这时，水突然不再流动。

这实验有可能酿成一个小小的灾难，因为我正在使用的是一个玻璃冷凝器。如果水倒流，已经被生成物的蒸汽加热的冷凝器的管道内部肯定会在接触冷水的一瞬间炸裂。我关掉插口，找来一个小桶，装满蒸馏水，把一个带赫普勒恒温器的水泵浸在里面。水泵把水压进冷凝器里，然后水变热流出来落回桶里。几分钟的时间里一切正常，然后我注意到，乙酸乙酯不再凝结了，它们几乎以蒸汽的形式从试管里出来。我只能找到这一小点儿蒸馏水（没有更多的了），而现在连这些水也变热了。

怎么办？窗台上有很多雪，于是我把它们团成团，一个接一个地放进小桶里。当我忙于团我的灰色雪球时，潘维茨（Pannwitz）博士，这位曾迫使我参加一项古怪的"国家考试"以测定我的专业知识是否合格的德国化学家，走进了实验室。他是一个狂热的纳粹分子。他怀疑地看了看我临时拼凑的装置和可能已经把他钟爱的水泵弄坏的一摊黑水，一声不吭地走开了。

几天后，临近12月中旬时，一个吸尘罩的水槽堵住了，监工让我去清除堵塞物。这种脏活儿落在我而不是实验室的技工—— 一个被叫作迈尔（Mayer）女士的姑娘头上。这对他来说似乎很自然，实际上对我来说也是如此。我是唯一一个可以平心静气地伸展四肢趴在地板上而不担心弄脏自己的人，我的条纹制服已经污秽不堪了……

我把虹吸管拧回去后站了起来，注意到迈尔女士站在离我很近的地方。她带着愧疚的神情对我轻声说，她是实验室里的8个或10个女孩子——她们分别来自德国、波兰和乌克兰——中唯一一个不轻蔑我的人。因为我的手已经弄脏了，她问我是否可以修一修爆胎的自行车。当然，她会给我一些酬劳。

这个表面看来中立的请求实际上充满了社会学暗示。她对我说了"请"字，这个字本身就表现出一种对规制我们同德国人关系的颠倒的规则的违背。她对我这样讲话并非出于与工作有关的原因，她与我达成了一种协约，一种在平等者之间订立的协约，而她也表达了，最起码暗示了对我为她在水槽上所做工作的感谢。然而，这个姑娘也使我打破了规则，这对我而言可能是十分危险的，因为我在那儿是一名化学家，而修理她的自行车会使我在与工作大不相干的事情上耗费时间。换言之，她正在谋求一种危险却可能有用的共谋关系。与某个"另一边"的人存在一种人际关系意味着危险、社会地位的提升，以及今天和往后更多的食物。我瞬间把这三个因素加在一起运算出一个代数和：饥饿远胜一切，于是我接受了这个建议。

迈尔女士递给我车锁的钥匙，让我去取自行车，车就在院子里。这是绝无可能的；我尽力解释说她必须自己去，或者派别的什么人去。"我们"被说成是小偷和骗子：如果有人看到我骑自行车，我就被抓个现行了。当我看到自行车的时候，另一个问题出现了。在它的工具袋里有一些橡胶片、橡胶接合剂和卸轮胎用的小铁片，但并没有打气筒。没有打气筒，我就不能确定内胎里破洞的位置。我必须顺便解释一下，自行车和漏气的轮胎在那时比今天要普遍得多，几乎整个欧洲的人，尤其是年轻人们，都知道怎样补胎。一个打气筒？没问题，迈尔女士说。我只需要到她隔壁的同事格鲁巴赫师傅那里，让他借一个给我，但这也不简单。我略带尴尬地让她写下一个便条，签上名字，上面写着："请借自行车打气筒一用。"

我修好了车，迈尔女士充满神秘地给我一个煮熟的鸡蛋和四块糖。不要误会，鉴于当时的经济状况和汇率，这是一份异常慷慨的馈赠。当她偷偷塞给我这个袋子的时候，她轻声对我说了一些引我联想的事情："圣诞节快到了。"当这平淡无奇的话是对一个犹太囚犯说的时候，就实在显得非常荒谬了，当然，这话可能意指别的什么，意指德国人都不敢在那时说出的东西。

40 年后我之所以讲述这个故事，并非试图为纳粹德国寻找借口。一个德国人并不能为数不清的无人性的或冷漠的德国人粉饰什么，但它真的有助于打破一种思维定式。

对于战争中的世界而言，这是一个值得铭记的圣诞节，对我来说同样如此，因为它是被一个奇迹所标刻的。在奥斯维辛，不同类型的囚犯（政治犯，普通刑事犯，社会的格格不入者，同性恋者，等等）都被允许接收来自家乡的包裹，但犹太人除外。那么，犹太人能从谁那里收到包裹呢？从他们在犹太人隔离区里被消灭或禁闭起来的家人那里？从逃过了搜捕，藏在地下室和阁楼里，惶惶不可终日又身无分文的极少数犹太人那里？谁又知道我们的地址呢？因为整个世界都知道，我们已经死了。

但最终，一个包裹还是经过一连串朋友的手到了我的手中，它是我藏在意大利的姐姐和母亲寄给我的。最后一个经手的朋友是洛伦佐·佩罗内（Lorenzo Perrone），他是一个来自福萨诺的泥瓦匠，我在《这是不是个人》中谈到过他，也在《洛伦佐的回归》（"Lorenzo's Return"）中重述了他令人心碎的结局。这个包裹里有代用巧克力、饼干和奶粉，但要描述它的真正价值，描述它对我和我的朋友阿尔贝托所造成的影响，这些都已经超出了一般语言所具有的力量。在集中营里，吃、食物、饥饿这些词汇的含义与它们通常的含义截然不同。这个出乎意料的、几乎不可能出现的包裹就像一颗流星，一个天堂之物，充满了象征意味，无比珍贵，有一股巨大的冲力。

我们不再孤单：一种与外部世界的联系已经被建立起来，同时还可以吃上好几天美食。但仍有严肃的现实问题亟待解决：我们发现自己置身于一个过路人的处境，仿佛一个金锭子在众目睽睽之下被交到我们手上。食物放在哪里呢？怎么保存它？怎么防止别人偷吃？怎么用它聪明地投资？我们经年的饥饿一直驱使我们选择可能最坏的方案：就在此时此地把它们吃个精光。但我们必须抵挡住这种诱惑。我们虚弱的胃应付不来大快朵颐，在一个小时之内，它就会消化不良，甚至更糟。

我们没有安全的藏匿地点，于是我们将食物分别装进我们衣服的口袋里，并在外套里面缝上隐秘的口袋，这样，即便遇到搜身，一些东西也能被留下来。但是，不得不随身带着所有东西去工作，去洗衣房，去公厕，这样既不方便又碍手碍脚。晚上熄灯之后，阿尔贝托和我详细地探讨了一番。我们两人达成一项协议：我们只要想取用超出配额的部分，超出部分都要精确地一分为二。阿尔贝托在这些事上总是比我更成功，我常常问他为什么愿意同我这样无能的人成为伙伴，他总是回答："谁知道呢。我做事更快，但你更走运。"再一次，事实证明他是对的。

阿尔贝托想出了一个天才计划。饼干是最大的问题。我们把它们存起来，一些放在这里，一些放在那里。我甚至把一些放在我的帽子的内衬里，我要在迅速拿掉帽子向一个路过的党卫军致意时小心不压碎它们。饼干并非都那么好吃，但它们很好看。他提议说，我们可以把它们分别放在两个包里，作为礼物分别送给卡波和营房里的老手。按照阿尔贝托的说法，这是最好的投资。我们会赢得威望，而这两个大人物，尽管没有正式的协议，将回报我们各种各样的好处。剩下的食物我们可以尽可能谨慎地按照少量的、合理的日常配额自己吃掉。

　　但在集中营里，拥挤、隐私的彻底缺失、流言和失序，这一切会使我们的秘密很快变得公开。我们注意到，在几天的时间里，我们的同伴和卡波都用不一样的眼神看我们。问题在于：这是那种看待不再融于背景中而是跳脱出来的出格的人或事的眼神。他们是带着嫉妒，还是理解和满足，还是公然的欲望看着我们，取决于他们曾经有多么喜欢"这两个意大利人"。门迪（Mendy），我的一位斯洛伐克的拉比朋友，一边向我使眼色，一边说着"Mazel tov"（恭喜），这个可爱的意第绪语和希伯来语短语是用来向遇到喜事的人表示祝贺的。很少有人知道或猜到了什么，这让我们既高兴又不安，我们不得不时刻戒备。无论如何，我们一致同意加快吃掉它们的速度：被吃掉的东西是不会被偷走的。

　　圣诞节那天，我们一如往常地工作。事实上，自从实验室关闭以后，我就被派去同其他人一起搬运瓦砾，把化学成品从一个被炸过的仓库搬到一个没被破坏过的仓库。晚上回到集中营后，我去了盥洗室。口袋里装着很多巧克力和奶粉，于是我等着离门口最远的一个角落空出来。我把外套挂在我身后的一根钉子上，没有人能在我看不到他的情况下靠近它。我刚开始洗，透过眼角的余光，我看到外套升到了空中。我转过身，但已经太迟了。外套、外套里面的东西，以及我缝在胸口的登记号，都已经来不及追回了。有人放进来一根线，从钉子上面的小窗户里把它钩走了。我半裸着跑出去，但外面已经没人了。没有人看到什么，也没有人知道什么。不仅如此，我现在连外套也没了。我不得不到营房的供给主管那里承认我的"罪行",因为在集中营里,被抢就是一项罪过。他给了我另一件外套,但命令我去找些针线,不管怎样都要把我裤子上的登记号扯下来,尽快缝在新外套上。否则"你就会得到 25 下"(bekommst du fuenfundzwanzig):我就会挨25 下棒打。

我们把阿尔贝托口袋里的东西分完了。他依旧毫发无损,接着展示了他最出色的哲学智谋。我们俩已经吃掉了一大半食物,对吗?剩下的也完全没被浪费。其他一些挨饿的人靠我们欢度了圣诞,他们或许甚至会为我们祈祷。不管怎样,我们可以确信一件事情,那就是,这将是我们战时囚徒生涯的最后一个圣诞节。

平静的城市

如果说在集中营里一个人最常有的心理状态是好奇，也许会使人感到惊讶。然而，除了害怕、羞耻和绝望，我们还感到好奇：不仅渴望面包，也渴望判断力。我们身边的世界是颠倒的，所以一定有人使它颠倒了，因此这个人自己应该也是颠倒的：一个、一千个、一百万个反人类的生物被制造出来，用来使直的被扭曲，干净的被污染。这是一种不被许可的简化，但在彼时彼地我们没有能力思考复杂的概念。

对于邪恶的统治者的这种好奇心一直持续着，而且不仅限于纳粹首领。关于希特勒、斯大林、希姆莱、戈培尔的心理学著作出了几百本，我读了数十本，但仍不满足，这很可能是因为缺乏纪实性的证据。它几乎无法为我们呈现出一个人类的复杂性，就这个目标而言，剧作家和诗人也许比历史学家和心理学家更合适。

然而，我的这种探索并非一无所获：几年前奇怪的，甚至挑衅的命运使我追踪一位"来自另一阵营的人"，当然不是大奸大恶之人，或许甚至不是一个合格的坏人，而是一个样本和一个见证者。一个不由自主的见证者，一个不想当见证者的见证者，他不情愿地甚或不知不觉地做证。通过行动做证的人是最有价值的见证者，因为他们毫无疑问是真材实料的。

他几乎就是我，被颠倒了的另一个我。我们年龄相仿，受教育程度不同，也许连性格也不一样。他叫默滕斯（Mertens），一个年轻的化学家，德国人和天主教徒，我，一个年轻的化学家，意大利人和犹太人。两个可能的同事：事实上，我们在同一个工厂工作，只是我在带刺的铁丝网里边，他在外边。然而，在奥斯维辛我们有4万人在布纳工厂里工作。他，一个高级工程师，我，一个奴隶化学家，我们俩不大可能见面，但无论如何也无法再去证实了。我们后来也没有见过面。

因为彼此共同的朋友的一些信件，我知道他的存在。有时候世界小得可笑，小得足以使两个来自不同国家的化学家有可能通过一个熟人关系网而相连，他们编织起信息沟通的网络，它是直接会面的糟糕替代品，但仍然比互不相识要好。通过这种方式，我得知默滕斯读过我关于集中营的书，十有八九，跟其他人一样，因为他既不愤世嫉俗也非麻木不仁。他倾向于屏蔽他的某些过去，但又足够坦率而不自我欺骗。他不允许自己说谎，但允许空白和残缺。

我获得的关于他的最早的消息可以追溯到1941年底，这是一个所有仍然能够推理和抵抗宣传的德国人可以重新思考的时期。节节胜利的日本人蹂躏了整个东南亚，德国人包围了列宁格勒，打到了莫斯科的大门口，但是闪电战阶段结束了，俄罗斯人的溃败也没有发生。相反，对德国城市的空袭开始了。现在所有人都卷入了战争。每个家庭至少有一个人上了前线，而没有一个在前线的人依然对他家人的安全有把握：在房门后面，战争贩子的花言巧语不再那么有分量。

默滕斯是城里的一家橡胶厂里的化学家，公司的管理者向他提出了一个近乎命令的建议：如果他同意转到奥斯维辛的布纳工厂，他将会获得职业上的，甚至政治上的好处。那是一个平静的地区，远离前线，而且处在轰炸范围之外。同样的工作，更好的报酬，而且住房不成问题：很多波兰人的房子都是空的……默滕斯和他的同事们商讨时，大多数人表示反对，一个人不能用未知的东西来交换已知的东西，除此之外，布纳工厂处在一个丑陋、泥泞且不健康的地区。上西里西亚历史上就是不健康的，它是欧洲的一个偏僻角落，太过频繁地更换统治者，而且居住着互相充满敌意的异族人。

但是没有人对奥斯维辛这个名字提出异议：它那时还是一个不会引起共鸣的没有意义的名字，只是在德国占领后改名的众多波兰城镇中的一个。奥斯威辛（Oswiecim）变成了奥斯维辛（Auschwitz），仿佛这样就足以使在那儿生活了几个世纪的波兰人变成德国人。它像其他许多小镇一样，只是一座小镇。

默滕斯考虑再三。他已经订婚了，而冒着轰炸的危险在德国成立家庭是草率的。他请了个短假，先去看一下情况。他在首次考察期间想了些什么没人知道：他回到德国，结了婚，没有事先告诉任何人，就带着妻子和家具动身前往奥斯维辛，并在那里定居。他的朋友们，事实上就是为我写下这个故事的那些人，催促他讲出来，但他保持沉默。

1943年夏天，第二次返回德国度假时（因为即使在战争期间的纳粹德国，人们在8月的时候也去度假），他也没有说他看到了什么。现在事态变了：在所有战线上节节败退的意大利法西斯分崩离析，而盟军在意大利半岛上持续推进。德国输掉了与英国的空战，而且德国没有哪个角落可以免受盟军的残酷反击。俄罗斯人不仅没有溃败，而且在斯大林格勒给了德国人和希特勒本人（他以一个疯子的固执导致了这次行动）最致命的一击。

默滕斯夫妇是所有谨慎的好奇心的目标，因为尽管有那么多防范措施，这个时候奥斯维辛已经不再是一个空洞的名字。已经有了不确切但险恶的传闻：它被与达豪和布痕瓦尔德相提并论，而且甚至可能更糟。询问关于它的问题是有风险的，但这儿都是交情深厚的朋友。默滕斯刚从那儿回来，他一定知道些什么，如果他知道，他就该说出来。

但是，当客厅里的各种谈话交织在一起，女人们谈论撤离和黑市，男人们谈论他们的工作，还有人小声地说着最新的反纳粹笑话时，默滕斯独自离开了。另一个房间里有一台钢琴，他边喝酒边弹琴，他一次次回到客厅，只是为了给自己再倒一杯酒。午夜的时候，他喝醉了，但他没有被忽略，主人把他拉到桌子旁边，清楚地对他大声说道："现在，你得坐下来，然后告诉我们那里到底发生了什么，还有为什么你非得喝醉，而不是跟我们说话。"

默滕斯感到自己被醉酒、谨慎和某种坦白的需要所撕裂。"奥斯维辛是一个集中营，"他说，"确切地说是一组集中营，其中一个就在工厂旁边。那里有男人和女人，肮脏、衣衫褴褛，而且不说德语。他们干最累的活儿。我们不能跟他们说话。"

"谁说你不能？"

"管理人员。我们一到那就被告知他们是危险的强盗和破坏分子。"

"那你从来没有跟他们讲过话吗？"主人问。

"没有，"默滕斯回答，又给自己倒了一杯酒。

年轻的默滕斯夫人补充道："我遇见过打扫经理房间的女人。她对我说的只有'Frau，Brot'（女士，面包），但我……"

默滕斯最终应该是醉得厉害，因为他粗暴地对妻子说道："闭嘴！"然后对其他人说："你们介不介意换个话题？"

关于德国垮台以后默滕斯的行动我知道得不多。我知道他和他的妻子，与很多在东部地区的德国人一样，在苏联人到来之前就沿着布满大雪、碎石和尸体的漫长的撤退道路逃走了。他最后回到了技术人员的岗位上，但拒绝所有交往，而且越来越自闭。

在战争结束许多年后，在不再有盖世太保威胁他的时候，他说得稍微多了些。这次向他发问的是一个"专家"，曾经的囚犯，今日著名的集中营历史学家赫尔曼·朗拜因（Hermann Langbein）。在回答具体问题时他说：他同意搬到奥斯维辛是为了防止一个纳粹分子被送到那里去；因为害怕惩罚，他从未跟囚犯说过话，但总是努力提高他们的工作条件；那个时候他对毒气室一无所知，因为他没有问过任何人任何事。他有没有意识到，他的服从对于希特勒的统治来说，是一个实实在在的帮助？是的，今天他意识到了，但是那时没有，当时他从未想过。

我从没想过与默滕斯见面。我感到一种复杂的抗拒感，厌恶只是其中一个因素。几年前，我给他写了一封信。我告诉他，希特勒能够掌权、蹂躏欧洲、使德国毁灭，是因为许许多多良好的德国公民像他一样行事，对他确实看见的事情假装视若无睹并装聋作哑。默滕斯从未回信，几年后，他就过世了。

小事

几天前，我和一群朋友谈起小事对历史进程的影响。这是一个经典的争论，而且典型地缺乏明确和绝对的结论：既可以毫无顾虑地断言，如果克莱奥帕特拉（Cleopatra）的鼻子长一点儿，世界历史（好吧！更谦虚地说地中海沿岸的历史）将会完全不同，就像帕斯卡尔说的那样；也可以同样毫不犹疑地断定，历史会一成不变，就像正统的马克思主义和托尔斯泰在《战争与和平》中推崇的历史编纂学所主张的。因为不可能用魔法召唤出一个身处相同的历史世界，但长着不同鼻子的克莱奥帕特拉，所以不可能用实验证明一个命题为真，另一个命题为假。这个问题是一个假问题。真正的问题早晚会被解决，相反，假问题不会。因此，由于没有明确的答案，它们会极其长寿：正在谈论的这一个已经有几百年历史，而且注定会再持续同样长的时间。

另一方面，我们都赞同下面这种观察，小事可以对个人的历史产生决定性的影响，就像把铁路的道岔挪动几英寸，就能够把一辆载着上千名乘客的火车送到马德里而非汉堡。手枪子弹是穿过还是仅仅擦过颈动脉，有着截然不同的结果。例如，一次偶遇，一次轮盘赌，一次闪电……

就在这时，每个人都坚定不移地说起彻底改变他们的生活小事，在兴奋减轻之后，我也讲了我的，或者更准确地说，补充了一些细节，因为在交谈和写作中这个故事已经被讲过好几次。

40 年前，我是奥斯维辛的一名囚犯，在一个化学实验室里工作。我很饿，于是特别留意有哪些又小又罕见（因为这样能卖个好价钱）的东西可以偷来换面包。经过几番尝试（有些成功了，有些失败了），我找到了一抽屉的移液管。移液管是一种有精确刻度的小玻璃管，用来把准确的液体量从一个容器转移到另一个容器。今天已经有了更卫生的方法，但那时要用嘴把液体吸到满意的刻度，然后通过液体自身的重量流下来。那里有很多移液管。我把一打移液管偷偷放进缝在外套里面的秘密口袋，然后带回集中营。它们是精致易碎的东西，好几根在回去的路上就碎了。尽管如此，点名一结束，在晚上分汤之前，我跑到医务室，把完好的那些卖给我认识的一位波兰男护士，他在传染病房工作，我向他解释，它们可以被用于临床分析。

波兰人不怎么感兴趣地看了看我的战利品，然后告诉我今天来晚了，他没有面包了。他能给我的只有一点儿汤。他是一个狡猾的爱讨价还价的人，他知道我别无选择。在集中营里，随身带着这些显然是偷来的东西是危险的，而我也没有其他买家。他享有垄断权，并从中渔利。

我接受了他的报价。波兰人消失在病房的病人中间。不一会儿他端着仅剩下一半的汤回来了，但这一半十分令人惊奇：垂直地分成两半。天气太冷，汤已经冻住了，有人用汤勺舀走了一半，就像吃剩的半个蛋糕。哪个被饥饿支配的人会剩下半碗汤？几乎可以肯定只有吃到一半就死掉的人，考虑到地点，只能是一个得了传染病的人。上个星期，白喉和猩红热在集中营里大面积爆发。

但在奥斯维辛，我们不会遵守这类注意事项。饥饿才是第一位的，然后才是其他的。有能吃的东西却不吃，并非像平常所说的是"可耻"的，而是无法想象的，甚至是根本不可能的。那天晚上，我的挚友阿尔贝托和我一起享用这份可疑的汤。阿尔贝托跟我同龄，有相同的体型、性格和职业，还睡在同一个铺位上。我们甚至长得有点儿像。来自其他国家的伙伴和卡波都认为没必要分辨我们。他们经常把我们搞混，于是要求我们，不管他们叫"阿尔贝托"还是"普里莫"，我们谁在附近谁就该答应。

我们是可以互换的，也就是说，每个人都预言我们会有相同的命运：我们要么一起死，要么一起生还。但就在这时，道岔开始起作用了，小事决定了结果：阿尔贝托因小时候得过猩红热免疫了，而我没有。

几天后，我们意识到了我们鲁莽行事的后果。起床时，阿尔贝托一点事儿也没有，而我喉咙剧痛、吞咽困难，还发烧了。但早晨不允许"报告"自己的病情，因此我像往常一样去了实验室。我难受得要命，但那一天我偏偏被分配了一份不寻常的工作。实验室里有 6 个女孩，来自德国、波兰和乌克兰，她们在工作或者假装在工作。实验室主任把我叫到一旁对我说，我必须教会德雷克塞尔（Drechsel）小姐一种我几周前刚学会的分析方法。德雷克塞尔小姐是一个丰满的德国少女，笨拙、愁眉苦脸、沉默寡言。大部分时间，她尽量不看我们这三个奴隶化学家。当她看到我们时，她呆滞的目光表现出模糊的敌意，混杂着不信任、尴尬、厌恶，以及恐惧。她从没跟我说过话。我发现她不友善且不足以信赖，因为前几天，我看到她跟监视这个单位的年轻纳粹党卫军幽会。此外，她是唯一一个在衬衫上别纳粹万字徽章的人，或许她是纳粹青年团的小队长。

她是一个非常糟糕的学生，因为她的愚钝；而我是一个非常糟糕的老师，因为我生病了、德语讲得不好，尤其是积极性不高，甚至是态度消极。为什么在这个世界上非得是我去教这个人呢？一般的上对下的师生关系，与我们原本下对上的关系发生冲突：我是犹太人而她是雅利安人，我肮脏又不健康，而她干净又健康。

我相信那是我唯一一次故意陷害别人。我教她的分析法需要用到移液管：在我血管里肆虐的疾病正是拜它们的同类所赐。我从抽屉里拿出一只移液管，为德雷克塞尔演示它的用法，把它放到我发热的嘴唇间，接着拿出来递给她，然后怂恿她也这么干。简言之，我尽我所能地把病传染给她。

几天后，当我躺在医务室里的时候，集中营在我已经描绘过很多次的悲惨状况下被解散了。阿尔贝托是小事——他小时候得过的猩红热——的受害者。他来同我告别，然后和6万名不幸的人一起走进了黑夜和风雪，在那次致命的行军中，没几个人活着回来。我以最难以预料的方式得救了，靠的是偷来的移液管，它使我幸运地生病了，吊诡的是在那个时刻不能走路反倒是一种天赐的幸运。事实上，由于从未被澄清的理由，从奥斯维辛逃跑的纳粹党人放弃执行来自柏林的明

确命令：不留下一个活口。他们匆忙地离开集中营，让病人
自生自灭。

至于德雷克塞尔，我不知道她发生了什么。因为她除了
亲吻纳粹之外，并没有什么罪过，我希望我的所作所为，我
促成的小事，没有对她造成太大的伤害。17岁时，猩红热会
很快痊愈，也不会留下后遗症。无论如何，我对我私人的细
菌战企图并不感到懊悔。后来，通过阅读相关主题的书，我
得知集中营里的其他人采取了目标更明确也更有条理的行动。
在斑疹伤寒——一种通过衣服里的虱子传播的经常足以致命
的传染病——肆虐的地方，清洗和熨烫纳粹党卫军制服的囚
犯，会找到死于斑疹伤寒的同伴，从他们的尸体上抓一些虱子，
然后偷偷放到熨烫整齐的军大衣的领子下面。虱子并非一种
十分有魅力的动物，但它们没有种族歧视。

阿夫罗姆的故事

这些日子以来，经常听到有人说他们以身为意大利人为耻。事实上，我们有足够的理由感到羞耻：最重要的是没能产生出一个可以代表我们的政治阶层，相反，30 年来一直在忍受无法代表我们的。另一方面，我们拥有我们未曾察觉的美德，或者至少没有意识到它们在欧洲、在整个世界有多么罕见。每次只要一说起阿夫罗姆（Avrom，我将这么称呼他）的故事（一个我偶然得知的故事），我就会回想起这些美德。迄今为止，这个故事像英雄传说一样口口相传，面临着被扭曲、被添枝加叶、被当成虚构故事的风险。我喜欢这个故事，因为它包含了我们国家的一幅肖像，一幅由天真的外国人的眼睛在强烈的救赎之光中，在光荣的时刻中所看到的肖像。我将在这里概述这个故事，并为可能存在的不精确致歉。

1939 年，阿夫罗姆 13 岁。他是一个波兰犹太人，是来自利沃夫（Lvov）的贫穷的制帽匠的儿子。当德国人进入波兰时，阿夫罗姆很快明白最好不要躲在屋子里等他们到来。但他父母决意这么做，尔后立刻被抓起来杀死了。阿夫罗姆独自一人躲在本地的小犯罪团伙当中，靠小偷小摸、小范围的走私、黑市，以及一些暧昧和危险的工作为生，睡在被炸毁的地下室里，直到得知小镇上有一个意大利兵营。它可能是意大利俄罗斯远征军（ARMIR）的一个基地。城里很快流传着这样的传闻：意大利人不像德国人，他们心肠好，与当地的姑娘约会，不那么讲究军队纪律，也不怎么讲究许可证和禁令。1942 年底，阿夫罗姆已经在兵营里长久地、半正式地住下来。他学会了一点意大利语，而且努力干一些零活儿使自己变得有用：翻译、擦鞋、送信。他成了兵营的吉祥物，但不是唯一一个。大约有一打其他男孩儿，以及被抛弃的或者无父无母、无家可归、身无分文的小孩，像他一样住在那里。他们中有犹太人也有基督徒，对于意大利人而言这似乎没有丝毫区别，阿夫罗姆对此从未停止惊讶。

　　1943 年 1 月，意大利俄罗斯远征军开拔，兵营里充满了掉队的士兵，接着远征军被遣散了。所有意大利人都动身返乡，官员们暗示如果有人想把这些孤儿带上，他们会睁一只眼闭一只眼。阿夫罗姆与来自卡纳韦塞（canavese）的意大利山地兵成了朋友。他们乘坐同一辆军用列车穿过塔尔维西奥（Tarvisio），然后被法西斯政府关押在梅斯特雷（Mestre）的一个隔离营里。它被叫作卫生隔离，因为他们身上确实有虱子，但实际上那是一种政治隔离，因为墨索里尼不想让这些士兵说太多话。他们在那儿待到 9 月 12 日，随后德国人来了，仿佛他们在单独追捕阿夫罗姆，要把他从欧洲的各个藏身之所驱逐出去。德国人封锁了营地，用货运列车将所有人运往德国。

　　在货运列车里，阿夫罗姆告诉他的山地兵朋友，他不去德国，因为他知道德国人的德行，知道他们会做什么，还是跳车比较好。山地兵答道，他在俄罗斯也看到了德国人干的好事，但是他没有勇气跳车。他说，如果阿夫罗姆跳车，他会让阿夫罗姆给他在卡纳韦塞的父母捎一封信，跟他们说这个男孩是他朋友，他们应该让阿夫罗姆睡他的床，像对待他自己一样对待阿夫罗姆。阿夫罗姆确实跳车了，口袋里装着那封信。他身处意大利，但不是像明信片和地理书上一样光彩夺目的意大利。午夜时分，在威尼斯和勃伦纳山口之间的某个未知的地方，他独自一人坐在路基上，身无分文，周围都是德国巡逻队。他只知道他必须到达卡纳韦塞。所有人都帮助他，没有人告发他。他搭上一辆去米兰的火车，然后是开往灵的火车。他在苏萨门（Porta Susa）换乘短途列车，在科尔涅（Cuorgnè）下车，步行前往他朋友的小村庄。那时，他 17 岁。

山地兵的父母欢迎他，但没说太多话。他们给了他衣服、食物和床，而且因为年轻的臂膀派得上用场，他们让他到地里干活。这几个月，意大利到处是无家可归的人，其中有 9 月 18 日从战俘营里逃出来的英国人、美国人、澳大利亚人和俄罗斯人。因此，没有人注意到这个外国男孩儿。除了郊区牧师，没人问过他问题，通过交谈，牧师发现男孩很聪明，于是告诉山地兵的父母，不送他去上学太可惜了。于是他们把他送去牧师的学校。经历了太多事的阿夫罗姆很享受学校和学习，这给予他平静、正常的感觉。但他感到好笑的是，他们让他学拉丁语：为什么意大利男孩必须学拉丁语呢，因为拉丁语跟意大利语几乎一样吗？但他努力学习每样东西，所有科目都成绩优异，3 月的时候，牧师让他做弥撒仪式的辅祭。一个犹太男孩做弥撒辅祭这件事使他倍感滑稽，但他仍然没有告诉任何人他是犹太人，因为你不晓得会发生什么。总之，他很快学会了画十字和基督教的祈祷文。

4月初，一辆载满德国人的卡车突然出现在乡村的广场上，所有村民都跑开了。随后他们注意到这是一些奇怪的德国人：他们没有叫嚷各种命令或威胁，实际上根本不说德语，而说一种村民们从未听过的语言，还很礼貌地努力与村民沟通。有人提议找来阿夫罗姆，因为他本身就是外国人。阿夫罗姆来到广场上，他和这些"德国人"沟通顺畅，因为他们根本不是德国人：他们是被征召进纳粹国防军的捷克人，他们逃跑了，偷了一辆军用卡车，打算加入意大利游击队。他们说捷克语，而阿夫罗姆说波兰语，但仍然能够彼此理解。阿夫罗姆对他的卡纳韦塞朋友们表示感谢，然后同捷克人一道离开了。他没有明确的政治观点，但他看过德国人对他的国家做了什么，因此反抗他们似乎是正确的。

捷克人加入的意大利游击分队主要在奥尔科河谷一带活动，阿夫罗姆作为翻译和通讯员跟他们待在一起。其中一个意大利游击队员是犹太人，他告诉了所有人，这震惊了阿夫罗姆，但他仍然对自己的犹太身份保持沉默。因为德国人的围捕，他所在的特遣小分队必须从山谷一直爬到切雷索莱-雷阿莱（ceresole reale），他们向他解释，因为意大利国王过去常常来这猎岩羚羊所以这儿被称作皇家的（reale），透过双筒望远镜，他们指给他看大帕拉迪索山的斜坡上的岩羚羊。高山、湖泊和森林使阿夫罗姆眼花缭乱，对他来说，到这儿打仗似乎很荒谬。游击队员与从洛卡纳（Locana）来的法西斯发生了小规模战斗，然后他们穿过小十字山丘（Colle della Crocetta）撤退到兰佐（Lanzo）山谷。对这个来自可怕的犹太隔离区和晦暗的波兰平原的男孩来说，穿越崎岖、荒芜的高山，以及随后发生的一切，为他揭示了一个光彩夺目的新世界，这种经历使他既陶醉又受宠若惊：天地万物的美丽、自由，以及对同伴的信任。更多的战斗和行军接踵而至。在1944年秋天，他们的小分队进入了苏萨山谷（val susa），从一个山谷到另一个山谷，直到圣安布罗焦（Sant'Ambrogio）。

这个时候，阿夫罗姆已经是一个经验丰富的游击队员，勇敢、强壮，天生训练有素，熟练使用手枪和机关枪，通晓数种语言，像狐狸一样狡猾。美国特勤局听说了他，将一个无线电发射器委托给他。它被装在一个手提箱里，他得带着它不停变换位置，以躲避无线电测向仪的监测。他要做的是与从意大利南部北上的军队保持联络，尤其是安德斯将军指挥的波兰人部队。从一个藏身处到另一个藏身处，阿夫罗姆最后到达都灵。他得到了一个市中心的教区教堂的地址和通行口令。4月25日，他带着无线电设备躲在钟楼的一个狭小的房间里。

解放后，盟军把他召到罗马，为的是把他那相当令人困惑的职位合法化。他坐在一辆吉普车上，穿过被炸毁的街道，越过塞满鼓着掌的衣衫褴褛的民众的小镇和村庄，来到了利古里亚（Liguria）。在年轻的生命里，他头一次见到大海。

在宁静的地中海的光辉中，18岁的阿夫罗姆，这个幸运天真的士兵的英雄故事完结了。他像许多过去的北欧旅行者一样，用纯洁的目光探索意大利，而且像意大利复兴运动中的很多英雄一样，在一个不属于他的国家为所有人的自由而战。

现在阿夫罗姆住在以色列的基布兹集体农场（kibbutz）。他，一个通晓多种语言的人，不再真正拥有属于自己的语言。他几乎忘记了波兰语、捷克语和意大利语，但还没有熟练掌握希伯来语。借着这种新学的语言，他用不加修饰、朴实无华的随笔，写下他那些已因时间空间距离变得模糊的回忆。他是一个谦逊的人，写下它们的时候，并没有文学家和历史学家的野心，而是想着他的儿孙，为的是把他看到和经历过的事情保存下来，希望有一个人能够恢复内在于它们的整个生命。

厌倦欺骗

任何人，假如有机会将一个作家的真实形象与从他的作品中推断出来的形象进行对比，他就会发现这两者通常不一致。一个如振荡电路般颤动的、敏感的、研究精神运动的人，被证明只是一个夸夸其谈的白痴，病态般自私，贪财又谄媚，对邻人的痛苦视若无睹。一个与宇宙进行狄奥尼索斯式密谈的、纵欲且华丽的诗人，则是一个禁欲的、节制的小个子，但并非出于禁欲主义的选择，而是遵从医嘱。

但相反的情形是多么令人愉悦和欢欣：一个在写作中对自己保持真诚的人，即使并不聪明，也会立刻收获我们的同情。这里不再有欺骗或变形，也没有冥想或量子跃迁。面具就是面孔，读者仿佛从高处观看一池清水，可以辨出水底五颜六色的卵石。几年前，我读到一部自传的德语手稿时，就有这种感觉。1973年，这本书出版了意大利语版，尔后是英译本，名为《逃离纳粹的罗网》（*Escape from the Nazi Dragnets*）。书的作者叫约埃尔·柯尼希（Joel König），第一章题为"厌倦欺骗"也并非出于偶然。柯尼希不是职业作家，而是生物学家，他拿起笔，只是因为觉得他的故事太不同寻常，所以必须被记录下来。

约埃尔是一个德国犹太人，1922年生在斯瓦比亚的海尔布隆。他带着一位非职业作者的坦率及缺点进行写作，常常过久地流于表面而忽略本质性事实。他中产阶级家庭出身，是一位地方拉比的儿子。从童年时代起，他在观察复杂的犹太教宗教仪式时就没有任何拘束、反叛或讽刺的感觉，确实重新体验到了一种充满欢乐的、浸满了象征性诗文的古代传统。

他父亲曾告诉他，每个人确实只从上帝那里得到一个灵魂，但在安息日，上帝借给每个虔诚的人另一个灵魂，在一个日落到另一个日落之间，它会照亮他，使他变得圣洁。因此，一个人不仅不该在安息日工作，甚至不该去碰像锤子、剪刀、钢笔之类的工具，尤其不能碰钱，以免玷污安息日的灵魂。孩子们甚至不能捉蝴蝶，因为这属于捕猎的范畴，而捕猎反过来归属劳作这一更大的范畴。此外，安息日是每个人的自由日，甚至对动物而言也是如此。而且动物也会颂扬造物主。饮水的时候，鸡把喙抬向天空，感谢主所赐的每一口水。

1933年，希特勒的黑色阴影开始在"斯瓦比亚的田园生活"中蔓延开来。与此同时，他的父亲（依然是拉比）被转移到离奥斯维辛不远的一个上西里西亚小镇，不过当时的奥斯维辛只是一个普通的边陲小镇。约埃尔和他的父亲对新环境做出的反应非常具有教育意义，因为它教会我们关于彼时和今日的德国人的根本事实。

这位拉比告诉儿子，除了原罪和圣殿毁于提图斯之手以外，凡尔赛和约是世界历史上最悲惨的事件，然而德国的犹太人应该不会遭受由暴力实施的不公。"遭受不义要好于施行不义。"在经济危机期间，他投票给天主教中央党，"因为他们敬畏上帝"，但在1933年，天主教徒把票全部投给了希特勒。他在《纽伦堡法案》中看到了上帝的警告以及对犹太人的僭越行为的惩罚。他们曾经在安息日做生意吗？现在他们的店铺被联合抵制了。他们曾与信基督教的女人结婚吗？新的有预见性的法律禁止通婚。

纳粹的罗网在德国犹太人的头上收紧：只有少数有远见的人试图逃到中立国，或者偷偷寻找危险的避难所；更多的人，比如约埃尔的父母，一天天茫然地活着，以荒唐的幻觉和错误的信息为生。然而每一天，伴随着不可逆转地加剧的微妙的残忍，旨在造成屈辱和痛苦的法律被一条条通过。

借由一种对宗教礼仪的不敬模仿，犹太人被要求把黄星戴在胸口上、挂在门上，用来替代上帝的话语。他们不许拥有自行车或电话，也不能使用公共电话或订阅报纸。他们必须把羊毛衣服和皮草上交，他们的食物配额处在饥荒水平。"向东"的转移在慢慢进行，人们想到了犹太隔离区，想到了强制劳动。但没有人料到大屠杀，以及甚至连将死之人和儿童都被流放……

像其他许多年轻人一样，约埃尔在一个由犹太复国主义者组织的农场学校避难。这个学校为训练男孩和女孩们干农活和过集体生活而设，旨在移民巴勒斯坦，即便希望越来越渺茫。盖世太保容忍它是因为劳动力稀缺，而这项事业有利可图（年轻人不收取酬劳）。但是渐渐地，这个农场变成了一个微型的集中营。约埃尔扯下他的黄星，逃到柏林。

在这之后不久，他的父母被流放了，约埃尔独自留在了这个充满敌意的城市。在这座饱受炮弹蹂躏的城市里，到处都是间谍、警察和各个种族的外国雇工。他毁掉了用字母 J（J代表犹太人）会签过的档案，他没有定量供应卡，他是一个法外之徒。于是，在这种极端异化的情形下，这个热爱天上和人间之秩序的年轻人似乎发掘了自己，非同寻常的智谋也随之觉醒。

他成了一名卓别林式男主人公，集愚蠢与狡诈于一身，向充满想象力的即兴创作敞开怀抱。他从未感到绝望，也与怨恨和暴力无缘，他热爱生活、冒险和欢乐。他跨过了所有的陷阱和埋伏，就像是一个神迹：仿佛上帝与以色列人民的约定在他身上兑现了，仿佛他所信仰的上帝亲自将一只手放在他的头上，就像他通常对儿童和醉汉做的那样。

他在一个老鞋匠那里找到了第一个避难所。鞋匠同意收留他主要不是出于慷慨，而是由于愚蠢。他并没有意识到，在盖世太保管辖的柏林为一个犹太人提供庇护可以使人丧命，但是约埃尔知道这一点，为了不连累无辜者，他立即离开了。如何挨过1942年严冬的一个个寒夜呢？在吊车的驾驶室里，在放消防设备的棚屋里，在广场上像一座纪念碑那样被展示的苏联坦克残骸里？约埃尔的选择很随意，情况也一直不错。

他在柏林游荡，这座城市已经成了一片巨大的瓦砾堆，天空被军用伪装网隔绝。他暂居在一个废弃的公厕里，虽然只有两平方米，但总比没有强。他爱干净，在仔细检查了这座被炸毁的建筑后，他发现即使四壁已经被炸飞，热水器还能用：采取一些必要的防范措施，比如依靠一位伙伴的帮助，他甚至可以洗一个热水澡。这不仅是一件乐事，这个荒诞的创意还给了约埃尔一种强烈的孩子般的乐趣，为危险增添了些许调味剂。

一次警察的检查可能会是一个致命的圈套。约埃尔需要一份档案，任何档案都行，因为在外国劳工潮中，警察不可能太过吹毛求疵。他以最出人意料的方式得到了这份档案。他用一个"雅利安"名字申请加入柏林法西斯党的分部，那里有为德国的士兵和市民提供的意大利语课程。他去上课，作为一个犹太人偷偷潜伏在大部分都是党卫军军人的同学之中，并得到了他想要的：一张带有他的照片、印着威廉·施耐德这个名字的会员卡，一条束棒，以及许多邮票。这并非万无一失，一个聪明的警察用几个问题就能揭穿这个骗局，可还是比没有强。靠着这张卡片微不足道的保护，约埃尔在无尽的时日里到处游逛，着手设计逃跑计划。

运气又帮了他的忙。他偶然认识了一个工程师，一位前社会民主党党员，他给约埃尔模糊的计划提出了具体建议。他可以先去维也纳，那里的一个走私犯会带他去匈牙利。

约埃尔 21 岁，但看上去像 17 岁，也没有犹太人特征。对他来说，穿上希特勒青年团的制服伪装自己似乎十分合理。希特勒青年团的成员还没到参军年龄，这意味着少了一道审查，而且他以前就想扮演士兵：他的兄弟莱昂也偷偷摸摸地生活在这座城市，穿着一件古怪的制服四处闲逛。这或许不是一个坏主意。

希特勒青年团的约埃尔·柯尼希或威廉·施耐德于 1943 年 5 月前往维也纳。在他的行李箱里，除了其他东西之外，还有一本希伯来语《圣经》，一本匈牙利语语法与会话手册，以及一本阿拉伯语语法书。他是一个有见识的旅行者，预见到在布达佩斯几乎没时间购物，而且如果不能用当地的语言与居民交流，他又怎么在巴勒斯坦生活呢？

他的口袋里还装着那颗黄星，在维也纳为了让人认出他是犹太人时，它会派上用场。他没有忘记把安息日前夜用来开灯和启动电炉的两个定时开关放进这个极度令人生疑的箱子。因为在安息日一个虔信的犹太人被禁止动手点火或制造它的现代对应物，这会被视为亵渎圣日的令人耻辱的工作。在离开柏林的关键时刻，在包裹被检查时，约埃尔分明听到了由摇晃引发的设备的嘀嗒声。窗口的工作人员可能会听到，并认出这个该死的装置。但没有任何人察觉，运气再一次保护了这个毛毛躁躁的青年。

这本书在这里戛然而止。约埃尔余下的冒险经历被浓缩到短短的两页后记中，但这两页纸的故事在两年后由约埃尔本人详尽地告诉了我。他跟我说，他挨个去找留在维也纳的最后一批犹太人，他们彼时已经屈服于命运。他们害怕看到希特勒青年团来敲门，他发现要证明他是谁有多么困难。他们非常慷慨地把钱交给他：在这时，金钱对他们已经没多大用处了。

在维也纳，约埃尔遭到所有人的怀疑，没人愿意长久地收留他。他去了犹太社区中心，尽管社区中心的人口因流放而减少，但靠着几个幸存雇员的奉献精神它依然运转着。一到晚上，他就把自己反锁在公厕里。但白天的时候，他就像一个好奇的、有心的旅行者，不忘去参观这座城市。当他向维也纳人询问古迹的位置时，他们总是报以粗鲁的回答。他

们注意到他是犹太人了吗？或者是他们不喜欢他的制服？是
的，他们不喜欢他的德国制服。当他们在背后咕哝"普鲁士猪"
（Saupreuss）的时候，约埃尔很高兴。

第一个走私者背叛了他，抢走了他的东西。经过第二次
尝试，他到了匈牙利，感觉自己是一个自由人了。他丢弃了
令人生厌的制服，但在 1944 年 3 月，他又被迫把它穿了起
来，因为德国坦克也气势汹汹地闯进那里。他越过罗马尼亚
边境时没有遇到困难，所有人都在帮助他。他设法偷偷登上
一艘土耳其船，在战争进行到白热化阶段时，这艘船把他带
到了圣父的土地，这块土地那时还是英属托管地。这里的最
终悖谬在于，英国特勤局不相信他的故事，因为这太不可思议，
最后他们以涉嫌参与间谍活动的罪名，把这个操着德国口音、
穿越布满纳粹军队的欧洲却没有被盖世太保伤到一根头发的
金发青年丢进了监狱。

但约埃尔不会去写这个故事了。他已经从大学毕业，结
了婚，定居荷兰。他热爱和钦慕荷兰人，他们坚忍，热爱和平，
就像他自己。他疲倦了，厌倦了欺骗和伪装。这就是为什么，
在写作并讲述他非同寻常的冒险时，他并未打算隐瞒，或展
现出并非自己所是的样子。

切萨雷最后的冒险

离我叙述切萨雷的故事，已经过去了很多年，离这些冒险发生的时间就更加遥远了，它们因距离而变得模糊不清。我参加了其中一些，比如在普里佩特沼泽地追捕和购买一只母鸡。其他一些，他是独自完成的，比如有次他从一个企业接了一份卖鱼的活儿，但三个饥饿的孩子让他大受震动，他没有把鱼卖掉，而是免费送给了他们。

直到现在，我还没有讲述过切萨雷最勇敢的壮举，因为切萨雷不让我这么做。回到罗马，回到秩序井然的世界后，他成家立业，拥有体面的工作、得体的中产阶级家庭，而且不愿意承认自己是《休战》里所描述的足智多谋的流浪汉英雄。然而，今天切萨雷已经不是 1945 年白俄罗斯那个有创造力的、衣衫褴褛的、不屈不挠的老战士，甚至不是 1965 年罗马那个无可挑剔的官员。难以置信，他现在是一个 60 多岁的领退休金的人，十分平静，非常睿智，挺过了命运的残酷考验。他解除了对我的禁令，允许我写到"感到厌烦为止"。

因此，在我感到厌烦之前，我想要在这里叙述切萨雷是如何在 1945 年 10 月 2 日抛下我们的。他想坐飞机回家，因为他厌烦了带我们返回意大利的军用列车那迂回曲折的路线和没完没了的停靠站，而且他迫切地想要发挥他的创造才能和使用在奥斯维辛的磨难之后命运赐予我们的巨大自由。即使可能比我们晚到，但不像我们那样：饥饿、衣衫褴褛、疲惫不堪、被管制、由俄罗斯人护送，坐在一辆折磨人的蜗牛般缓慢的火车上。他需要一次荣归，他渴望被崇拜。他知道这样做的风险，但是——"要么坐头等舱包间，要么给发动机添煤。"

载着五彩斑斓的货物——1400个踏上迂回曲折的返乡之旅的意大利人——的军用列车，已经被困在罗马尼亚和匈牙利交界处的一个小村庄的雨水和泥浆里整整6天，而切萨雷对这种被迫的无所事事和难以忍受的无能为力感到怒不可遏。他让我跟他一起走，但我拒绝了，因为这个冒险把我吓坏了。于是他和西格诺尔·托尔纳吉（Signor Tornaghi）做了粗略的安排，跟大家道别，然后一道离开了。

西格诺尔·托尔纳吉是北边来的黑手党，靠买卖赃物为生。他是一个乐观诚恳的米兰人，40岁上下。在我们之前的漫游过程中，他因为优雅的着装而格外显眼，而这对他来说是习惯，是社会地位的象征，也是职业要求。直到几天前，他还在炫耀带皮毛领子的大衣，但饥饿迫使他变卖了它。对于切萨雷来说，这样的搭档堪称完美，他从来没有阶级偏见。他们搭乘开往布加勒斯特（Bucharest）的第一班火车，行驶方向与我们正相反。在旅途中，切萨雷教西格诺尔·托尔纳吉犹太教的主要祈祷文，并让托尔纳吉教他天主教的主祷文、教义和圣母颂，因为对于到达布加勒斯特后的第一步，他心中已经有了大致计划。

他们顺利到达布加勒斯特，但用光了本就匮乏的资源。在战争带来的动乱和对即将到来的命运的疑虑中，几天来，他们在城市里乞讨，从女修道院到犹太社区都不放过。他们随机应变，时而声称他们是从大屠杀中幸存的犹太人，时而声称他们是躲避苏维埃的基督教。他们没有讨到太多钱，但仍有一些多余的收入，他们把钱投资在衣服上：托尔纳吉是为了恢复他职业所需的可靠外表，而切萨雷则是为计划的第二阶段做准备。做完这件事，他们就分道扬镳，没人再听过关于西格诺尔·托尔纳吉的消息。

在经历了一年顶着光头和只穿囚犯服的生涯，穿西装打领带的切萨雷起初有点茫然，但没多久他就恢复了打算扮演的角色必须有的自信，扮演一位拉丁情人，因为（切萨雷很快就发现）罗马尼亚远非像教科书声称的是个新拉丁语国家。他显然不会说罗马尼亚语，也不会说意大利语以外的其他语言，但交流困难不会是障碍。相反，这能够派上用场，因为当你知道你不能被充分理解的时候，说谎更容易，此外，在求爱技巧中，清晰的语言只有辅助作用。

在几次失败的尝试之后，他遇见了一位符合他要求的姑娘：来自一个富裕的家庭，而且不问太多问题。切萨雷所提供的关于他岳父的信息很模糊。他是普洛耶什蒂油田的所有者之一，和/或一位银行行长，住在一栋大门两侧有两只大理石狮子的别墅里。但他是在任何情况下都能游刃有余的人，对于他在富有的布尔乔亚家庭中深受好评，我一点也不感到惊讶，这个家庭肯定已经对这个国家即将到来的政治动乱深感恐惧。你永远无法知晓：也许一个嫁到意大利的女儿可被视为将来的一个桥头堡。

那位姑娘欣然同意。切萨雷被介绍给父母，被邀请到带

石狮子的别墅，他带了一束花，然后正式订婚了。与他的岳
父谈话时，他并未隐瞒作为集中营生还者的处境。他暗示他
当时缺少现金：一小笔贷款，或者预付的嫁妆将会派上用场，
可以帮他在结婚证办好和找到工作之前在这个城市立足。那
个姑娘再次欣然同意。她相当敏锐，立刻明白了一切——在
这场骗局里她已经从受害者变成同谋。她喜欢这场异国情调
的冒险，即便十分清楚这一切很快就会结束，至于他父亲的钱，
她根本不在乎。

切萨雷拿到钱就消失了。几天后，也就是10月底，他登
上了飞往巴里（Bari）的飞机。他胜利了。他确实在我们之后
才回到国内［我们在10月19日再次穿过布伦纳（Brenner）］，
而且这场骗局使他受到良心上的谴责，风流韵事也无疾而终，
但他像国王一样乘着飞机回来了，正如我们困在罗马尼亚的
泥沼中时他所承诺的。

毫无疑问切萨雷从天上降落到巴里。他有无数的目击者，
他们蜂拥而上去欢迎他，他们至今还记得这个场景，因为切
萨雷一落地就被宪兵队（当时还叫皇家宪兵队）拦住了。原
因很简单。飞机从布加勒斯特起飞后，机场的员工发现切萨
雷从岳父那里得到的用来买机票的美元是假币，然后立刻给
巴里机场发了一封电报。不清楚这位面目模糊的罗马尼亚岳
父，是无心之失，还是闻出了骗局的味道，有意报复，想在
惩罚切萨雷的同时摆脱他。切萨雷受到审问，带着驱逐令以
及一份面包和无花果干被送往罗马，他再次受到审问，然后
被永久地释放了。

这就是关于切萨雷如何履行他的誓言的故事，通过把他写下来我也兑现了一个誓言。它的某些细节可能不确切，因为它基于两段回忆（他的和我的），对于这么遥远的距离来说，人的记忆是不可靠的，特别是没有物质性的纪念品来加深它的时候，相反它可能被使它成为一个好故事的欲望（再一次，他的和我的）所美化。但是关于假钞的细节绝对是真的，也与欧洲那些年发生的历史事件相吻合。在"二战"末期，大量假的美元和英镑被印制出来，整个欧洲都是如此，特别是在巴尔干国家。其中，它们曾在土耳其被德国人用来支付双面间谍西塞罗的报酬，他的故事已经用五花八门的方式被讲过很多次了。在这个故事里，它们也被用作骗局的奖赏。

有一个格言说，金钱是恶魔的粪便，没有比金钱更像排泄物、更恶毒的东西。它们在德国被印制出来，用来使敌营通货膨胀，撒下不信任和猜疑的种子，以及像刚刚提到的那样用于支付报酬。从1942年起，这些钞票大部分都是在萨克森豪森集中营制造的，党卫军在那里聚集了150名特殊囚犯：平面设计师、平版印刷工、摄影师、雕刻师和伪币制造者，他们组成了"伯恩哈德行动"（Kommando Bernhard），一个建在大的集中营里的由"专业人员"构成的小小的绝密的集中营，它是索尔仁尼琴在《第一圈》（*The First Circle*）里所描述的斯大林的特殊监狱（saraski）的先驱。

1945年3月，面对俄罗斯军队的推进，伯恩哈德行动被全部转移，先到了施利尔雷德尔齐普夫（Schlier-Redl-Zipf），然后（在1945年5月3日，投降前几日）到了埃本湖（Ebensee），

两个都是毛特豪森集中营的下属营区。显然伪币制造者直到
最后一天还在工作，直到图版沉入湖底。

洛伦佐的回归

我已经在别的地方谈过洛伦佐了，但以故意含混不清的方式。当我写作《这是不是个人》时，洛伦佐还活着，而把一个活生生的人转变成一个文学角色这一任务会束缚住作者的手脚。这样的情况之所以会发生，是因为这样一个任务即便是带着最善意的意图，即便处理的是一个值得尊敬和爱戴的人物，也会濒于冒犯他人隐私的边缘，而这对主人公来说绝不会是无害的。我们每个人，不论是否有意为之，都在创造他自己的一种形象，这一形象不可避免地与接触我们的人创造的那个或那些形象（它们彼此也各不相同）有所不同。发现书中描绘的那些特征与我们所认为的并不一致，这会造成心理上的创痕，就像我们照镜子的时候镜中突然映出别人的模样：也许会是一个比我们自己更高贵的形象，却不是我们自己。出于这个理由，并且出于其他更显而易见的原因，最好不要去写活着的人的传记，除非作者公然选择了两条相反道路中的一条：圣徒传记或挑起论战的册子，它们偏离现实，也不会秉持公正。如此一来，我们每个人的"真实"形象是什么成了一个没有意义的问题。

洛伦佐如今已经过世多年，我感到自己已从先前阻碍我的限制中解脱。我甚至觉得有责任尝试重塑他的形象，对保存在我前两本"编年体著作"中的形象进行增补。我在1944年6月遇到洛伦佐，那时炸弹刚炸毁了我俩在其中工作的大院子。洛伦佐并不是像我们一样的囚犯，事实上他根本不是一名囚犯。根据官方说法，他是纳粹德国招募的一名"志愿"劳工，但他除了"志愿"加入别无选择。1939年，他在一家开在法国的意大利公司做泥瓦匠。战争爆发后，所有在法国的意大利人都被拘留了，但是随后德国人来了，对公司进行重组，并把它的重要部门转移到上西里西亚。

这些工人尽管没有武装，却过着军人般的生活。他们被安置在离我们不远的一座军营里，睡在行军床上，享有周日休息和休一到两周年假的权利，按照积分收取酬劳，可以往意大利写信和寄钱，也可以接收从意大利寄来的衣服和食品包裹。

最先在轰炸中受损的建筑可以被修复，但炸弹碎片和瓦砾会击中在布纳工厂的巨型合成物投产时使用的脆弱机器，这一损坏更加严重。工厂的管理人员下令将最值钱的设备用厚厚的砖墙保护起来，委托洛伦佐的公司进行建筑。那时我的工队正在意大利泥瓦匠工作的地方做搬运工，我的卡波派我去帮助两个素未谋面的泥瓦匠，这纯属巧合。

他俩正在脚手架上工作，加高一面已经砌得很高的墙。我待在地上，等着有人告诉我该做些什么。这俩人有条不紊地砌着墙，一声不吭，以至于一开始我并不知道他们是意大利人。然后，其中那个高个子、有点驼背、一头灰发的人，用糟糕的德语对我说，灰浆快用完了，去拿一桶来。一整桶灰浆又沉又难拿，用手提着的话，会在腿上碰得砰砰响。你必须把它挂在肩上，但这并不容易办到。专业的助手们是这样做的：张开双腿，两手抓住把手提起桶，先从两腿之间向后甩，然后利用这样的摆荡，把桶向前送，一下子搭在肩膀上。我试了一下，但结局很悲惨：由于动能不足，桶掉在地上，一半灰浆洒了出来。这个高个子哼了一声，转身对他的同伴说："看吧，从这样的人身上你能期望些什么……"然后准备从脚手架上爬下来。我不是在做梦：他说的是意大利语，带着皮埃蒙特地区的口音。

我们分属纳粹世界的两个不同等级，因此我们彼此交谈就是在犯罪，但我们终究还是说了。结果发现，洛伦佐来自福萨诺，而我来自都灵，但他听说过我在福萨诺的远亲的名字。不管在当时还是后来，我觉得我们没有进行过太多交谈，但并非因为禁令，而是因为洛伦佐几乎不说话，他似乎不需要说话。我对他的一丁点了解，只有少部分来自他贫乏的提示，当时大部分是听他同伴说的，后来则来自他在意大利的亲戚。他没有结婚，一直单身，工作已经融进他的血液，甚至到了阻碍他的人际关系的程度。一开始，他在他的村子和邻村做泥瓦匠，因为难以相处的个性经常换雇主。当工头评价他的工作时，即便是在赞扬他，他也一声不吭，戴上帽子就走。冬天他经常去法国的蔚蓝海岸工作，那里总有很多工作等着。他既没有护照也没有证件，独自一人步行前往，走到哪里就在哪里过夜，根据走私犯的线路穿越边境。到了春天，他原路返回。

他不说话，但心知肚明。我觉得自己从未向他寻求过帮助，因为我那时还不清楚这些意大利人靠什么为生，以及他们能提供什么。洛伦佐独自完成了所有事。我们见面两三天后，他给我带来了一个盛满汤的山地兵军用饭盒（这个铝盒可以装超过两夸脱的东西），让我晚上之前把空盒还给他。从那时起，我就总有汤喝，偶尔还加上一片面包。他每天带汤来，带了 6 个月：只要我还当他的助手，交接就不会遇到困难，但几周之后，他（或者是我，记不太清了）被换到了工地的另一边，危险随之增加了。我们所面对的风险是，在一起时被看到：盖世太保监视着每个地方，只要我们中任何一个人被看到出于工作以外的原因同一个"平民"讲话，就面临被当成间谍来审讯的危险。事实上，盖世太保有别的忧虑：他们害怕关于比尔克瑙毒气室的秘密会通过这些民工泄露出去。这些民工也要承受风险：他们中哪个人要是被证实与我们有非法接触，也会被关进集中营。但他们跟我们不太一样，他们会被暂时关上几个月，为的是接受再教育（Umschulung）。我自己向洛伦佐指出了这种风险，但他耸耸肩，一句话也没说。

我与我的朋友阿尔贝托分享洛伦佐的汤。没有这汤，我们可能活不到集中营撤离那一天。实际上，这额外的汤补充了我们每日所需的热量。集中营供应给我们的食物只有大约 600 千卡的热量，这在需要干活时是不足以为生的。洛伦佐的汤提供了另外 400 到 500 千卡的热量，这对一个中等体格的人来说仍然不够，但阿尔贝托和我本就又小又瘦，我们所需的卡路里更低一些。这是种奇怪的汤。我们在里面发现了李子核、香肠皮，有一次甚至是一根带毛的麻雀翅膀，还有一次，发现了意大利报纸的碎片。当我后来在意大利再一次见到洛伦佐时，我开始了解这些原料的来源：他告诉他的同伴，在奥斯维辛的犹太人中有两个意大利人，每天晚上，他都会绕着宿舍四处收集他们吃剩的东西。他们太饿了，即便不像我们这般饥饿，许多人都尝试用从工地偷来的或从周围搜罗来的东西开小灶。洛伦佐后来找到办法，直接将营房厨房的大锅里剩下的东西打包带走。但是为了这么做，他必须在凌晨3点趁所有人都在熟睡时，偷偷溜进厨房。他这样做了4个月。

为了避免在一起时被看到，我们决定，洛伦佐早晨去工地之前，把饭盒放在事先约好的一堆木板下面的隐蔽位置。这个安排实行了几个星期，随后显然有人看到并跟踪了我，因为有一天，我在那里既没有发现饭盒，也没有找到汤。阿尔贝托和我对这样的冒犯感到又屈辱又害怕，因为这个饭盒是洛伦佐的，他的名字就刻在上面。这个贼可以告发我们，甚至更可能会敲诈我们。我马上把失窃的事告诉了洛伦佐，然而他说这个饭盒无关紧要，他可以再弄一个。但我知道这不是真的：这是他的军用饭盒，所有旅途中他都带着它，显然很依赖它。阿尔贝托一直在集中营里到处走动，直到找出窃贼是谁。那是一个比我们强壮很多的人，他厚颜无耻地拿着那个既漂亮又稀罕的意大利饭盒走来走去。我的朋友突然想到一个主意：分期付给埃利亚斯三份面包，只要他同意不惜代价地将饭盒从那窃贼手里夺回来，那人同埃利亚斯一样，也是个波兰人。埃利亚斯是我在《这是不是个人》里写到过的力大无穷的小矮子，在本书中的《我们的海豹》这个故事里也提起过他。我们奉承他，称赞他的强壮，他欣然应允了。他喜欢耀武扬威。一天早上，在点名之前，他碰到了这个波兰人，命令他把偷来的饭盒还给我们。这个家伙当然什么都不承认：这是他买的，不是偷的。埃利亚斯对他发动了出其不意的攻击。他们扭打了10分钟，这个波兰人跌进泥里，而埃利亚斯赢得了这场精彩表演引来的观众的掌声，成功将饭盒还给我们：从那时起，他成了我们的朋友。

阿尔贝托和我被洛伦佐震惊了。在奥斯维辛暴力又堕落的环境里，一个出于纯粹的利他主义而帮助别人的人是不可理解的、陌生的，仿佛是一个来自天国的救世主。但他是一个孤僻的救世主，同他交流是困难的。我提出汇一些钱给他住在意大利的姐姐，以报答他为我们所做的一切，但他拒绝给我们她的地址。然而，为了不使我们因为这次拒绝感到难堪，他接受了另一种更合时宜的补偿。他的工装皮靴破了，他的营房里没有鞋匠，奥斯维辛市区修鞋的费用又很昂贵。但在我们的集中营里，有皮鞋的人可以免费修鞋，因为（就官方规定而言）所有人都不允许拥有金钱。于是有一天，他和我交换了鞋子。他穿着我的木鞋走路并干了4天活，其间鞋匠莫诺维茨负责把他的鞋修好，同时给了我一双临时替换的鞋子。

12月底，在我患上救我一命的猩红热之前不久，洛伦佐重新在我们附近工作，我又可以直接从他手里拿到饭盒了。一天早上，我看到他来了，裹着一件灰绿色军用短披风，浑身是雪，站在被昨晚的炮火炸毁的工地上。他迈着坚定而缓慢的步子大步走来。他把弯折凹损了的饭盒给我，说汤有点脏了。我问他发生了什么，但他摇摇头走开了，直到一年以后在意大利我才再一次见到他。事实上，那碗汤里有卵石和沙砾，而在一年以后，他几乎是为了表达歉意才告诉我，那天早上当他在四处搜寻食物时，他的营房遇到了空袭。一颗炸弹落在他的身旁，在泥地上爆炸，把饭盒埋了起来，还震破了他一只耳朵的鼓膜。但无论如何他还是送来了汤，然后又回去工作。

洛伦佐知道俄国人快来了，但他害怕他们。或许他是对的：如果等他们来，他或许要晚很久才能回到意大利，这点从我们的亲身经历可以验证。1945 年 1 月 1 日，当前线的战事结束后，德国人遣散了意大利人的营房，所有人都可以去他想去的地方。洛伦佐和他的同伴对奥斯维辛的地理位置，甚至对它的名字只有一个非常模糊的概念，他不仅不知道怎么写，还把它叫作"Suíss"，或许以为它位于瑞士边上。但他还是同佩鲁什（Peruch），这个与他一起在脚手架上工作的伙伴一起启程了。佩鲁什来自弗留利，他之于洛伦佐如同桑丘·潘沙之于堂吉诃德。洛伦佐的行动带有属于无畏者的天生的高贵，而矮小精壮的佩鲁什则焦躁而紧张，不停地左顾右盼，伴有轻微的颤动。佩鲁什斜视，眼睛分得很开，仿佛永远处于焦虑状态，就像一条变色龙，试图同时向前看又向两边看。他也会给意大利囚犯带面包，但是偷偷地带，也没有规律，因为他太害怕自己被抛入的这个难以理解的、凶险的世界。他带来食物，又立马匆忙离开，甚至不等一声道谢。

这俩人步行离开。他们在奥斯维辛站得到了一张概要式的比例失调的铁路路线图，上面只标出了用直线连接起来的火车站。他们晚上也继续赶路，以地图和星星为向导，向布伦纳进发。他们在干草棚里过夜，以从地里偷来的土豆为食，当他们走累了，就在村庄里停留，那儿总有两个泥瓦匠能干的活儿。他们边工作边休息，要求金钱或货物作为回报。他们走了4个月。4月25日，他们刚抵达布伦纳，就碰到了几支从意大利北部逃出来的德国部队。一辆坦克用它的机枪向他们扫射，但没有打中。过了布伦纳以后，佩鲁什就快到家了，他继续往东走。洛伦佐则继续徒步，大约20天后到达都灵。他有我家的地址，找到了我的母亲，并带去了我的消息。他是一个不知道如何撒谎的人；或者在目睹了可憎的奥斯维辛和分崩离析的欧洲之后，他或许认为撒谎无用且可笑。他告诉我的母亲，我可能回不来了，奥斯维辛的犹太人都死了，要么死在毒气室里，要么死在工作当中，或者最后被逃跑的德国人杀死了（这些几乎句句属实）。而且他从我的伙伴那里听说，我在集中营撤离时生病了。我母亲最好听天由命。

我母亲想给他一些钱，这样他至少可以在旅途的最后一站，从都灵坐火车回到福萨诺，但洛伦佐并不乐意。他已经走了4个月，没人知道他到底走了几千公里，搭乘火车实在毫无意义。刚到达距离福萨诺6公里的杰诺拉，洛伦佐就遇到了赶着运货马车的堂兄，堂兄让他上车，但这个时候上车殊为可惜，他徒步回到家。他一生都以这样的方式旅行。对他来说，时间并不重要。

5个月后，当我通过绕道俄罗斯的漫长旅途回到家后，我到福萨诺去见洛伦佐，带给他一件过冬用的羊毛衣。我看到了一个疲惫的人，不是因为走累了，而是致命的疲惫，一种无从补救的厌倦。我们一起去小酒馆喝酒时,我才好不容易从他牙缝里挤出的几句话中得知,他对生命的爱已经所剩无几,几乎消失殆尽了。他不再当泥瓦匠。他赶着一辆小型运货马车在各个农场之间买卖废铁。他不想要规矩、老板和计划。他赚的一点小钱都用在酒馆里,喝酒不是出于恶习,而是为逃避这个世界。他已经见识过这个世界了,他不喜欢,他觉得它要完蛋了。他对活着不再感兴趣。

我觉得他需要换换环境,就为他在都灵找了一份泥瓦匠的活儿,但洛伦佐拒绝了。他仍像个流浪汉一样生活,走到哪儿就在哪儿过夜,甚至在1945—1946年的严冬也睡在野外。他喝酒,却清醒着;他不是一个信徒,对福音书所知不多,但他告诉我许多我在奥斯维辛未曾料想到的事。在那儿他不止帮助过我。他还保护过其他人,意大利人和非意大利人,但他觉得不跟我说是正确的:我们在这个世界上行好事,而不是夸耀它。在"Suíss"的时候,他是一个富有的人,至少跟我们相比,他有能力帮助我们,但现在结束了,他不再有机会了。

他生病了,多亏我的许多医生朋友,我才能把他送进医院,但他们不让他酒喝,他就逃走了。在拒斥生命这一点上,他是笃定且一以贯之的。几天之后,他被发现时已经奄奄一息,然后独自一人死在医院里。他不是奥斯维辛的幸存者,却死于幸存者的疾病。

一枚硬币的故事

当我从奥斯维辛回来的时候，我在口袋里发现了一枚由轻质合金铸成的奇怪硬币，就是翻印在这里的这一枚。它被划伤和腐蚀了，其中一面刻着犹太星（"大卫之盾"）、年份"1943"和单词"getto"（犹太隔离区），它在德语里读作"ghetto"。另一面刻有"Quittung über 10 Mark"和"Der Aelteste der Juden in Litzmannstadt"，意思分别是"10 马克的收据"和"利兹曼施塔特的犹太人长老"。我已多年未注意过它，也许曾有意无意地赋予它幸运符的价值，有段时间我将它放在零钱袋里，然后就把它遗忘在抽屉底部了。最近，我从各个渠道收集来的信息使我有机会至少部分地重现它的历史，这段历史非同寻常，既迷人又凶险。

现代地图上并没有一个叫作利兹曼施塔特的地方，但有一位叫作利兹曼的将军，他因为在 1914 年突破了俄军设在波兰罗兹附近的防线而闻名德国。纳粹时期，为了表彰这位将军，罗兹被重新命名为利兹曼施塔特。在 1944 年的最后几个月，罗兹犹太隔离区的最后一批幸存者被驱逐到奥斯维辛。我应该是在解放后不久在奥斯维辛的地上捡到这枚硬币，肯定不是在解放之前，因为我身上没有什么东西能留到那时候。

在 1939 年，罗兹大约有 75 万居民，是波兰工业化程度最高、最"现代"，也最丑陋的城市。就像曼彻斯特和比耶拉一样，这个城市以纺织业为生，它的境况由无数大大小小的工厂的表现决定，即便在那时这些工厂大多也已老旧，而且一半以上是几十年前由德国和犹太工业家建造的。就像所有被占领的有一定重要性的东欧城市一样，纳粹在罗兹迅速建立起一个犹太隔离区，恢复了中世纪和反宗教改革时期犹太隔离区的景况（现代暴行使它更加严酷）。1940年2月设立的罗兹犹太隔离区，就时间而言是波兰的第一个犹太隔离区，就居民数量来说仅次于华沙的犹太隔离区：它一度有16万犹太居民，直到1944年秋天才被关停。因此，它也是使用时间最长的纳粹犹太隔离区，这应该被归结为以下两个原因：它对于德国人经济上的重要性和它的主席令人不安的个性。

他的名字叫查伊姆·兰科斯基（Chaim Rumkowski），此前是罗兹一家天鹅绒工厂的联合所有人。他破产后去了几趟英格兰，或许是去与债权人交涉。他后来在俄国定居，不知怎的又变得富有。他因1917年的革命而破产，回到了罗兹。1940年，他差不多60岁，两次丧偶，没有孩子。他作为几家犹太慈善机构的理事而为人所知，也是一个精力充沛、缺乏教养的独裁者。一个犹太隔离区主席（长老）的官职本质上令人作呕，但它仍是一个官职；它代表了赏识和社会阶梯上的爬升，而且它授予权力。现在的兰科斯基热爱权力。没人知道他是如何被任命的：或许归功于一个邪恶的纳粹风格的玩笑或恶作剧（兰科斯基看起来像一个外表相当体面的傻瓜；简言之，一个理想的傀儡），或许是他靠诡计获得了这个职位，他内心对权力的渴望必定极为强烈。

他4年的管辖，或者更准确地说，他4年的独裁已经被证明是一个混杂了野蛮的生命力与真正的外交和组织才能的惊人的自大狂的梦。他很快就把自己看成专制又开明的君王，而且他的德国上司们显然也鼓励他走这条路，他们当然是在玩弄他，但欣赏他作为一个好的管理者和统治者的天分。他从他们那里得到了铸币权，包括硬币（我的那枚就是）和纸币——印在官方派发给他的有水印的纸上：这些钱常常用来支付虚弱的犹太隔离区工人的酬劳，他们可以用这些钱在杂货店里买到平均每天 800 千卡的食物配额。

由于有一群极度饥饿的出色的画家和工匠任他处置——他们为了四分之一磅的长面包而渴望为他最轻微的一个指令效劳——兰科斯基让他们设计和绘制印有他肖像的邮票，他雪白的头发和胡须在"希望和信仰之光"里闪耀。他有一辆由骨瘦如柴的老马拉着的四轮大马车，他乘着它穿过满是乞丐和请愿者的街道，在他的小王国里游荡。他穿着一件奢华的斗篷，身边簇拥着一群逢迎者、马屁精和谋杀犯；他让他的"御用诗人"为他"坚实而有力的手"和他赋予犹太隔离区的和平和秩序谱写赞歌；他给在罪恶的学校里不断因饥饿和德国人的围捕而大量死去的孩子们分配任务，让他们吹捧和赞美"我们敬爱的有远见卓识的主席"。如同所有的独裁者，他加紧组建了一支高效的警察队伍，表面上为了维持秩序，实际上是为保护他的人并加强他的控制：这支队伍由六百个配发棍棒的警察和数不清的告密者组成。他发表了很多演说，其中一些流传下来，他的风格是清楚明白的。他采用了（故意地？有心地？或者他无意识地与天选之人、与当时统治欧洲的英雄相一致？）墨索里尼和希特勒的演说技巧——包括激动人心的表演，与人群的虚假交流，以及通过道德谴责和赞美创造出来的共识。

但是，这个人比他迄今为止表现出来的更加复杂。兰科斯基不只是一个叛徒和帮凶。在某种程度上，除了让人民相信以外，他自己也越来越确信自己是一位弥赛亚，是他的人民的救世主，而他至少间歇性地渴念过他们的幸福。自相矛盾的是，在他对压迫者的认同中伴随着或者说交替出现着一种与被压迫者的认同，因为就像托马斯·曼所说的，人是一种混乱的生物。当我们算上他所承受的极端的张力时，他甚至变得更加令人迷惑：他像一个罗盘的指针因磁极而发狂，使我们无从评判。

尽管被德国人轻视和嘲弄，有时还要挨打，兰科斯基很可能认为自己并非仆人，而是主人。他想必笃信自己的权力：当盖世太保在没有事先通知他的情况下逮捕"他的"顾问时，他勇敢地冲过去保护他们，尊严地忍受纳粹的嘲笑和毒打。而在其他情况下，当德国人要求从他织布的奴隶那里得到越来越多的布匹，或者愈加频繁地将无用之人（老人、病人、儿童）送去毒气室时，他设法跟他们讨价还价。他急于镇压他的臣民的暴动时表现出的严酷（如同其他犹太隔离区，罗兹也有犹太复国主义或共产主义者出身的顽强而莽撞的政治抵抗力量）与其说源于他对德国人的卑屈，不如说来自"对君主的不敬"，源自他高贵的人格被冒犯时感到的愤慨。

1944 年 9 月，当俄国人的先头部队接近这一地区时，纳粹开始清洗罗兹的犹太隔离区。成千上万扛住饥饿、过度劳作和疾病活到那时的男男女女被转移到奥斯维辛这个肛门世界（anus mundi），这个德国世界最后的排污口，而几乎所有人都死在了毒气室里。在犹太隔离区，约有 1000 名男性被留下来拆卸贵重的机器，抹去大屠杀的痕迹。他们很快就被红军解放了，这里报道的大部分信息归功于他们。

关于查伊姆·兰科斯基的最终命运存在两种说法，仿佛作为其生命标志的模棱两可已经大到笼罩了他的死亡。根据第一种说法，在犹太隔离区大清洗期间，他曾试图反对流放他的兄弟，他不想与之分离。一个德国军官建议说，他应该自愿同他的兄弟一起离开，而兰科斯基恐怕接受了。而按照另一种说法，汉斯·比博（Hans Biebow）——另一个被双重性包裹的人物——试图将兰科斯基从德国人的死亡之手中解救出来。这个阴暗的实业家是犹太隔离区管理部门的正式负责人，同时也是它的承包商。他的位置重要而敏感，因为犹太隔离区的工厂为德国军方服务。比博并不是一头野兽：他对制造痛苦或将生为犹太人当作罪过而惩罚犹太人不感兴趣，他只对靠他的合同赚钱有兴趣。犹太隔离区的痛苦只是间接地触动他；他需要这些奴隶劳工去工作，因此并不想让他们死于饥饿；他的道德感仅止于此。实际上，他才是犹太隔离区真正的主人，他与兰科斯基因供应商和购买者的关系联系在一起，而这样的关系经常导致一种粗浅的友谊。比博，这只小豺狼，过于玩世不恭而无法把种族遗传学当真，他想要延后关闭犹太隔离区。这对他而言是一桩极好的生意，并且也能保护他的朋友和合作伙伴兰科斯基，使他免于流放：这显示出一个现实主义者多么经常地好于一个理论家。但纳粹党卫军的理论家们持一种相反的观点，而且更强势。他们彻底而激进：清除犹太隔离区，除掉兰科斯基。

因为无法做其他安排，人脉广泛的比博给了兰科斯基一封密封好的信，写给他将被送去的集中营的指挥官，向他保证这封信会保护他，并担保他会得到特殊照顾。显然，兰科斯基要求比博并从那儿得到了去往奥斯维辛的路上符合他身份地位的旅途安排，即一个挂在挤满了无特权的流放者的货运车厢尾部的旅客车厢。但不论他是懦夫还是英雄，卑贱还是骄傲，落在德国人手里的犹太人只有一个命运。不管是信还是特殊的旅客车厢都没能把查伊姆·兰科斯基，这位犹太人的国王，从奥斯维辛的毒气室里救出来。

一个这样的故事超出它本身：它富有深意，提出的问题多于它所回答的，为我们留下悬念。它大声呼喊，要求被阐述，因为我们在其中看出一种象征，像是来自梦中或天国的启示，但要阐述它并不容易。

谁是兰科斯基？他不是一头怪兽，但他也不像别的人；他像许多人，像许多尝到了权力的滋味并沉醉于权力的失意者。从很多面向看来，权力就像毒品：对于还没品尝过它们的人来说，对这种或那种毒品的需求是未知的，但在初次尝试之后，尽管也许出于偶然，毒瘾和依赖便会产生，并且需要越来越大的剂量。与此同时产生的是对现实的拒斥，以及再一次对无限力量的孩子气的渴望。如果兰科斯基沉迷于权力这种假设是有效的，那就必须承认，这种沉迷不是因为而是不顾犹太隔离区的环境而产生的，它如此强大以至于在似乎消灭了所有个人意志的环境中也能占得上风。事实上，持久且未受过挑战的权力那著名的综合征在他身上太过明显：看待世界的扭曲视角，独断专行，痉挛式地紧紧抓住控制杆，自认为凌驾于法律之上。

所有这些都没有免去兰科斯基的罪责。兰科斯基的存在本身就让人痛苦和愤恨。情况似乎是，假如他从他的悲剧中幸存下来，从他通过将自己的装腔作势的形象加诸其上而玷污了的犹太隔离区的悲剧中生还，没有法庭会判他无罪，我们也不会在道德层面上赦免他。然而，还有一些可以减轻罪责的情形。一种穷凶极恶的秩序，例如纳粹主义，显示出一种可怕的难以抗拒的诱惑力。它不会使它的受害者神圣化，而是贬低和腐化他们，同化他们，在它周围聚集起大大小小的同谋。为了抵抗它，一套非常牢固的道德体系是必不可少的，然而查伊姆·兰科斯基，这位罗兹的商人，以及他所有同代人的道德体系都是脆弱的。他的故事也是卡波、军队后方的小官员、签署一切的公务员那令人懊恼和忧虑的故事，他们摇头拒绝却暗许，他们说"如果我不这么做，比我更坏的人也会做"。

这就是所有权力从上面如雨点般落下、来自下层的任何批评却无法上传的典型政权，为的是削弱和混淆民众的判断力，在邪恶的伟人和纯粹的受害者之间创造出一个灰色良心的广阔地带。兰科斯基应该被放置在这个地带。很难讲这个位置是高了还是低了。如果他可以在我们面前说话，他自己就可澄清这一点，即便他在撒谎，如同他一直以来或许都在撒谎。他会帮助我们理解他，就像每个被告帮助他的法官，即使他并不想这么做，即使他撒了谎，因为人装模作样的能力是有限度的。

　　但所有这些都不足以解释这个故事所散发出的紧迫感和危机感。或许它的意义是不同的，而且更为重大。我们都能以兰科斯基为鉴：他的模棱两可属于我们，属于这个泥土和灵魂的混血儿；他的狂热也属于我们，属于我们的"敲锣打鼓地下地狱"的西方文明；而他可怜的俗丽的服饰是我们的社会声望的扭曲了的肖像。他的愚蠢就是傲慢但终有一死的凡人的愚蠢，如同在《一报还一报》（*Measure for Measure*）中伊莎贝拉所描绘的：

> 骄傲的世人掌握到暂时的权力，
> 却会忘记了自己琉璃易碎的本来面目，
> 像一头盛怒的猴子一样，
> 装扮出种种丑恶的怪相，
> 使天上的神明们因为怜悯他们的痴愚而流泪……

　　就像兰科斯基一样，我们也被权力和金钱晃了眼，以至于忘却了我们本质性的脆弱，忘记了我们所有人都在犹太隔离区里，犹太隔离区被栅栏围起来，而栅栏的另一边站着死神，就在不远处，火车已经在等候了。